BAIXO PARAÍSO

ISABELLA DE ANDRADE

BAIXO PARAÍSO

[1ª reimpressão]
Fevereiro de 2025

Copyright © Isabella de Andrade, 2023

Editores
María Elena Morán
Flávio Ilha
Jeferson Tenório
João Nunes Junior

Capa: Maria Williane
Projeto e editoração eletrônica: Studio I

Revisão:
Paulo Tassa

Dados Internacionais de Catalogação na Publicação (CIP) de acordo com ISBD

A554b Andrade, Isabella de
Baixo Paraíso / Isabella de Andrade. - 1ª edição. Porto Alegre : Diadorim Editora, 2023.
228 p. ; 14cm x 21cm.
ISBN: 978-65-85136-11-2
1. Literatura brasileira. 2. Romance. I. Título.

2023-3353
CDD 869.89923
CDU 821.134.3(81)-34

Elaborado por Vagner Rodolfo da Silva - CRB-8/9410
Índice para catálogo sistemático:
1. Literatura brasileira : Romance 869.89923
2. Literatura brasileira : Romance 821.134.3(81)-31

Todos os direitos desta edição reservados à

Diadorim Editora
Rua Antônio Sereno Moretto, 55/1201 B
90870-012 - Porto Alegre - RS

zero

hay que perdonar los dientes que se rompen
por no saber cuándo es de noche
para detener la mordedura.

hay que perdonar la piel que se rasga
por no saber dónde está el fin
y dónde está la quemadura.

Hay que saber que tantas veces las piezas que faltan,
no te preocupes,
una, dos, tres, cuatro,
nunca se agotan, duran.

QUARTO DE MONTARIA

1

O padrasto sobe o zíper com a mesma naturalidade com que esfrega os bolsos para limpar o líquido esbranquiçado das mãos. Eu desgrudo as costas da bancada fria enquanto rezo para que o corpo, um jorro, um rastro, um resto, não se desequilibre na hora de retomar o ritmo, o pulso, o salto. Caminho até o banheiro. Todo instante de desespero (ou vazio) vira oração. Uma reza. Rezo devagar para que o tempo passe mais rápido, para que o tempo, um elo, possa se dissipar no ritmo em que esfrego minhas mãos. Não quero perceber o tempo, rezo por um instante apático, solto, sem começo nem fim, um instante sem arestas. Aquelas pernas não são minhas e não são minhas aquelas unhas, aquela barriga, aquele osso pontudo por debaixo do pé, nada é meu. Volto vestida. Uso o único vestido vermelho que já tive, escolhido pra chamar a minha própria atenção. Essa vai ser a última vez, eu prometo. Ele fuma um cigarro com a boca mole, murcha, o cigarro fede, eu peço a receita, por favor. Outra oração. E o velho me entrega outro papel. Antes, rabisca um título com uma caneta daquelas caras com bico de metal. A ponta do bico molhada com lentidão em um pequeno frasco de tinta preta. O que é isso? "Um poema". O padrasto, a barriga dobrada na camisa repetida, a unha larga, a cara roxa, o tabaco na garganta, me entrega

um verso.

Uma violência a ser entregue a um corpo que não

busca diálogo, a um corpo estático, a um corpo que se faz maleável para não perder a travessia. Um verso assim, desmedido, entregue por um punho pálido.

Pede que eu leia e diga se é bom, pede que eu leia com calma e sente de uma vez, aproveite um minuto sem essa impaciência, me pede um sorriso, pede atenção. O padrasto se diz poeta. E aponta um livro de capa verde, grafismos soltos, a lombada amarela.

É como na mesa do bar, no corredor da universidade, numa rua mais cheia, na porta de qualquer festa. Todo cretino com a voz mais mansa se diz poeta. "Não entendi nada". "Leia de novo". "Não quero ler, é ruim. Esse, esse é especialmente ruim". Amasso o papel. Amasso e jogo uma bolinha infante no rosto do velho. Se eu me vestisse entre saias estampadas, blusas coloridas e vestidinhos soltos talvez ainda pudesse ser chamada de menina. A cara engana, assim, mostrando os dentes enquanto jogo bolinhas de papel. Ele tenta desviar a bolinha com o braço e bate no frasco da caneta, que cai esparramando tinta preta no tapete claro, felpudo e com cheiro de ácaro. A mancha preta cria um desenho abstrato. "Ficou melhor assim", falo antes de subir a escada, quero procurar por conta própria a receita, esse papo jogado fora já é muito mais que o combinado.

É a quinta vez.

Meu corpo uma terra seca, inabitada, repete. Talvez seja sorte ter a imaginação fértil, uma parede branca e o corpo rodopia por outro lugar qualquer, um refúgio. Do lado de fora, um corpo pedra na bancada da cozinha. Por que sempre a cozinha? Continuo o caminho barulhento da escada. Degraus de madeira envelhecida e farpas prontas para abrir o pé. Ele sobe, tenta correr, me agarra o pulso, deixe disso, não se atreva a abrir nenhuma porta. Solto o braço, subo outra vez, me puxa pelos cabelos, hoje tudo se esgota. Chuto bem no saco, a perna dobrada para trás no único caminho possível pelo meio. O velho me solta, agarra a própria virilha, desequilibra, um passo atrás, escorrega e a cabeça vai até a ponta da escada, a única ponta possível naquele espaço. Os olhos fechados, o corpo do velho no chão. Espero. Volto a escutar a torneira pingando na cozinha e o frio do cimento que ocupa boa parte do piso de baixo. O corpo do velho no chão. Espero.

A cabeça sangra, o velho desmaia.

Não posso ver sangue, o estômago pula e revira como em tantas vezes sabe fazer voltas sem que eu insista, sem que eu coordene, faz volta por todos os lados e tudo me escapa outra vez pela boca. Sempre. As palavras ficam enquanto o bolo indigesto me sai. Corro ao banheiro e o cheiro de vômito me faz vomitar outra vez. Limpo tudo, passo pano, borrifo um produto rosa e perfumado guardado no armário de espelho. Gasto um tempo. Espero. Quero deixar o corpo ali, estendido, pra ver se logo sobe algum cheiro de coisa morta e o paninho lavado de vômito me lembra do principal. Que diabos eu vim fazer aqui? Pegar a receita. Entro no quarto, tão comum quanto um quarto de qualquer casal. A cama grande, os lençóis branquinhos, quatro travesseiros gordos e uma manta verde-claro, uma planta ao lado esquerdo, um abajur com a base de madeira no lado direito. Por baixo do abajur, uma escrivaninha com duas gavetas, em cima dela, dois cadernos. Abro. É irresistível abrir cadernos gastos. Dentro, rabiscos que se pretendem surrealistas e versos inacabados sobre um homem que ama demais enquanto fuma seu charuto na varanda. Patético, como todo poema há de ser. O título deveria ser O Poeta. Abro a segunda gaveta, seria assim tão fácil? Sim. Uma pasta azul, papéis do consultório, minha receita dentro. 100mg da substância que me seca a saliva ao lembrar do nome, dosagem para três meses.

Volto ao corredor. Na escada o padrasto resmunga, um chiado grosso saindo pela garganta. Como é possível? A vida teima em quem não a merece, custa a ir. Ele tenta movimentar o corpo pesado e retorcido entre os degraus. A boca aberta pra puxar um tanto mais de ar. Lembro que ele já fez com Gabriela o que fazia comigo. Abro minha mochila, tiro três comprimidos daqueles amarelos que induzem a vontade de vomitar. Dica dele, mais uma brincadeira agradável do destino. Destravo as cápsulas, uma a uma, aperto a cara suada do velho e derramo o pó esbranquiçado pela garganta. Um pouco de água para ajudar. Sento no degrau de cima, espero. O padrasto começa a tossir, não consegue levantar o corpo. A primeira golfada e, enfim, o vômito. O pescoço pendurado na escada. Deixo o velho engasgar. Tão fácil morrer, tão menos barulhento do que qualquer expectativa.

Nunca entrei num cemitério, não sei que cheiro tem a terra empapada de podridão. Então não sei que cheiro deve ter esse corpo. Talvez eu engula esse instante pra guardar na barriga. Antes de sair, guardo no bolso a caneta cara com bico de metal.

Saio da casa grande, bonita, lilás e sigo o caminho em silêncio. Em cima da cabeça, mais um dia de sol forte e céu aberto e azul, como são boa parte dos dias em Goiás. Meu estômago revira. A caneta chega a pesar dentro do bolso. Em casa, minha mãe assiste ao jornal da noite no sofá da sala, o prato com o que sobrou do jantar fazendo companhia ao lado. Não quero comer, aviso que estou sem fome. Não é possível que algo pare aqui dentro hoje. Deixo a água do chuveiro esquentar e esfrego o corpo com força, até que a bucha, junto da água quente, deixe a pele com manchas vermelhas. O banheiro junta fumaça como numa sauna e eu continuo a esfregar, quem sabe a bucha amarela ajude a arrancar a sujeira toda daquele dia. Um pouco de sangue escorre entre as pernas e colore a água que se junta no chão. Posso ver meu próprio sangue sem nenhuma ânsia. Tão banal a repetição de um corpo que sangra sempre, isso deve me tirar algum medo. Deito com os cabelos molhados. A única dor que experimento é uma pontada que atravessa os músculos entre o pescoço e o meio das costas. Deixo o corpo reto para ajudar a dor na coluna a passar. A escuridão do quarto, assim como eu, é um vazio completo. Escuto minha mãe desligar a TV e apagar as luzes do lado de fora. O barulho das chaves e trancas na porta, o arrastar das janelas fechadas, uma última abertura na geladeira, os passos em chinelos soltos seguindo até a porta ao lado. Os barulhos terminam e meu corpo pesa. Respiro fundo até fazer doer uma ponta da costela e me permito dormir.

Acordo e o celular acumula mensagens da Gabriela. O padrasto morreu. Parece que tropeçou na escada e bateu a cabeça, depois acabou se engasgando com o próprio vômito, "que morte nojenta e banal, Marília". Parece que só a pancada na cabeça já teria acabado com as coisas do mesmo jeito. Foram 20 mensagens e 5 ligações de Gabriela no meu celular. Um tanto de susto misturado ao tumulto do quase desespero. Tudo está sendo preparado para que o enterro aconteça amanhã e Gabriela ficou responsável por avisar a maior quantidade de pessoas possível enquanto a mãe organiza tudo ao redor. "Eu não consegui chorar nada, Marília, será que eu devia ter chorado alguma coisa? O choro não vem, fico entalada". Nas mensagens, a voz de Gabriela oscila de tom. Respondo com a falta de tato que me acompanha durante a vida e com as palavras atrapalhadas que consigo organizar. Conto para a minha mãe durante o café. Ela parece sentida pelo poeta. Minha mãe se apressa em terminar de comer para prestar alguma solidariedade para a mãe de Gabriela e me avisa que iremos juntas. Ela esquece de segurar a tampa da garrafa térmica e derruba o restante do café na mesa, tenta secar com o que encontra pela frente, suja panos de prato, deixa escorrer o líquido pelo chão, solta da mão duas colheres. Peço que respire, eu limpo a bagunça enquanto ela liga para a mãe da Gabriela. "Não vou ligar, vamos lá de uma vez".

Mãe e filha não estão em casa. Cuidam dos preparativos na rua e eu sento com minha mãe em frente ao portão para esperar. Aviso a Gabi que estamos ali, prontas para o que for preciso. Esperamos em silêncio. O sol forte queimando a pele exposta fora da roupa. Quase trinta minutos sem dizer nada, minha mãe encosta nas grades e fecha os olhos para sentir o calor no rosto. O carro estaciona logo em frente, as duas descem. Gabriela sem resquícios de choro nos olhos, apesar dos cabelos menos organizados que o de costume, a mãe com uns óculos de sol exagerados. Minha mãe e Lúcia se permitem um abraço torto e demorado, os corpos custam a encontrar o espaço certo para se encaixar. Abraço Gabriela. Dizemos as palavras de costume para a ocasião e entramos para nos fazer alguma espécie de companhia. Eu não sei o que dizer sobre a morte, ninguém sabe. Mas não espero que ele esteja em um lugar melhor. As mães se ocupam de fazer um chá na cozinha e eu espero na sala com Gabriela, como se tivéssemos outra vez dez anos e logo mais fôssemos receber o lanchinho da tarde. Biscoitos de polvilho doce, Tia Lúcia, por favor! Consigo escutar minha própria voz de outro tempo e tudo parece mais bonito. A memória é sempre essa rede com pedaços cortados, uma espécie de filtro para transformar tudo em cinema. É fácil lembrar da parte boa. Os pedaços mais difíceis a gente insiste em recortar.

2

Acordo cedo. Minha mãe já está pronta e me pede para agilizar. Veste uma saia laranja florida com blusa branca. O padrasto disse em vida que achava muito triste usar preto na despedida e que queria todos coloridos quando fosse o dia de sua morte chegar. Gabriela teve que avisar um a um sobre a preferência, numa última tentativa infame do falso poeta tentar deixar tudo com cara de poesia barata. Escolho um vestido verde. Ao menos o tênis é preto para pisar a terra seca e empoeirada de Goiás. É minha primeira vez num enterro. O lugar está cheio de artistas. Amigos poetas declamam versos. Um casal canta uma música com um violão dedilhado baixinho, flores coloridas, um dia ensolarado. A mãe de Gabriela ainda chora por debaixo dos óculos, enquanto a filha tenta disfarçar a secura dos olhos. Não sinto culpa. Pela primeira vez na vida, não sinto culpa por nada. Eu joguei o remédio para criar uma cena trágica, o corpo já tinha se entregado depois da queda. Minha mãe não fica ao lado da mãe de Gabriela hoje. Estamos na ponta oposta e nos observamos de frente. Uma luz bonita atravessa a copa das árvores e tudo parece tão ridículo. A morte é só essa ausência de expectativa enquanto todo o resto teima em continuar. Gabriela tira os óculos e me encontra logo em frente. Ela cruza os dedos das mãos como fazíamos ainda crianças, na torcida pra que tudo desse certo, e cria uma imagem tão nostálgica que me faz ter certeza de que fui uma menina tremendamente feliz em algum ponto daquela colagem malfeita que a gente guarda do tempo. Minhas mãos seguem cruzadas em frente ao corpo, numa tentativa de não criar movimento. O enterro termina e sigo para casa, enquanto mãe e filha ainda precisam balançar a cabeça e receber os últimos abraços. Fico encarregada de preparar o almoço e reaproveito o que encontro na geladeira enquanto minha mãe estica as pernas no sofá. Fora da casa de Gabriela, que vai estar menos barulhenta e constrangedora na minha próxima visita, sei que amanhã o tempo aqui amanhece quente, seco e cheio do mormaço de mais um dia normal. Gabriela me manda mais uma mensagem. "Preciso de uma caminhada".

Procuramos uma trilha pequena perto de casa e caminhamos em silêncio no sol da tarde. Depois do suor, pela primeira vez, Gabriela chora na minha frente. É um choro contido, quase seco, com mais água a escapar pelo nariz do que pelos olhos e um tanto de respiro pela boca antes de chegar ao final. O pai de Gabriela quis se separar quando ela era ainda muito pequena, eu nem cheguei a frequentar a casa naquela época. Gabriela conta que ele era péssimo para a mãe, ao contrário do poeta, que surgiu escrevendo versos, distribuindo presentes e planejando viagens. Mais que tudo, a mãe dela adorava viajar, e planejar esses pequenos deslocamentos tinha se transformado em sua vontade principal.

"Não sei direito por onde ela se sustenta agora."

"Não se preocupa, Gabi. A gente sempre tem muito mais pontos de sustentação do que imagina".

Sento com as pernas cruzadas e Gabriela deita no meu colo. Arrisco deslizar a mão pela cabeça que agora seguro. Deslizo o dedo entre os cabelos e quero dizer tudo. Quero contar que vi quando o padrasto caiu e que ele realmente tropeçou na tentativa de perseguir o próprio desejo de dominação, mas talvez eu tenha ajudado, ou talvez eu não tenha preocupado em atrapalhar aquela linha que se encaminhava para o fim. É também bonito aceitar o final das coisas. Eu corria escada acima e assisti. E deixei. Deixei e quis ajudar que a cena inteira corresse mais rápido. Eu queria dizer. E falar que a verdade é que eu quis garantir que tudo acontecesse como o instante de finalização que o universo pareceu me presentear. Não seria fácil poder esperar sempre por um definitivo de todas as coisas? Um corte seco no lugar de meses e anos passando na lentidão de quem tenta se esquecer de alguma coisa que o tempo não esquece. Mas eu não disse nada. Eu nunca tenho coragem de dizer em voz alta coisa alguma que realmente importe, as palavras se formam perfeitas na minha cabeça, mas é como se um buraco invisível estivesse aberto bem no meio da estrada que conduz até a boca. Pela primeira vez você entregava sua cabeça ao meu colo sem nenhuma resistência e isso me tirava qualquer chance de reação. Sua cabeça ali era tão leve, sem defesa, previsível. Então seguimos em silêncio. Seguro sua cabeça com as duas mãos, Gabriela, e penso que cada frase guardada é um pedaço de muro que se forma. E ele cresce cada vez mais alto.

Sei que você faria o mesmo, Gabi, não existia outra alternativa. É assim que se age quando te violam o corpo, mesmo que aos poucos, mesmo que de forma sutil, mesmo que sem expor ao ridículo cada pedaço, é assim que se faz quando se viola um corpo por tanto tempo, ele reage. Mesmo que eu não goste desse corpo, permito que ele tenha alguma reação, afinal, ele ainda é meu. Então permito que a boca faça algum movimento, pelo menos um, um primeiro passo pequenino de coragem.

"E se a gente ficasse juntas de verdade, Gabi?"

"Como assim?"

"Sei lá, e se a gente contasse pra todo mundo, e se a gente não se escondesse mais?"

"A gente não esconde nada, Marília, você não é minha melhor amiga?"

"Sei lá, pensei que podia ser outra coisa."

"A gente não tem nada a ver, Marília."

"Não tem?"

"Eu quero sair desse fim de mundo, viver fora, conhecer gente, ir pra outra cidade, outro país, ter uma família de verdade. Sei lá, criar uma família. Não sei se é errado te dizer isso, mas, entende?"

"Entendi."

"E tá tudo bem, né? Não tá?"

"Acho que sim."

"Você tá com a cara pior que a minha. Não sou eu que tô de luto?"

"É que eu gosto pra caramba de você, Gabi."

"A gente gosta tantas vezes e de tanta gente. Com o tempo isso passa. Eu preciso sair um pouco daqui."

A verdade é que minha cabeça tem jogado contra mim e não comigo nos últimos tempos. E me bate um bocado de desespero de perceber que talvez não fossem os remédios que me deixassem meio maluca, mas minha mente, que teima em rodopiar no próprio eixo distorcido enquanto sofre com o não acontecimento das histórias que teimei em criar e recriar para mim mesma. A cena que vi, o empurrão que não dei, a escada em que me mantive inerte, o cheiro que nunca soube. Existo mais na expectativa das coisas que quis realizar e Gabriela sempre essa possibilidade tão próxima de fazer tudo ser de um jeito incrível. A gente se apaixona assim por essa possibilidade de ser uma pessoa incrível e fazer coisas incríveis acompanhada de alguém incrível e, quando vê, o mundo inteiro é só esse lugar.

Não importa a estação do ano, essa cidade continua quente e eu me prometi que estaria bem feliz e resolvida até o verão, mas esse é outro ano que passa e o ano segue girando enquanto me segura nessa espiral maluca que rodopia para todos os lados, mas não consegue entender que direção seguir. Todo mundo deve ser um pouco essa espiral com pouco rumo e muito drama aos dezessete anos, e todo mundo perde alguma coisa antes de completar duas décadas, mas talvez alguns saibam realmente como existir de um jeito mais fácil.

Peço que Gabriela siga um pouco o caminho sem mim, preciso ficar aqui mais um pouco e, finalmente, sozinha, eu choro. Não por nenhum padrasto ou por qualquer morte, mas choro mesmo por mim e choro ainda mais pela vergonha de estar chorando enquanto ela segue em frente e mais ainda por ter sido um pouco consolada por alguém que acaba de enterrar um quase parente e choro outro tanto porque eu nunca chorei na frente de ninguém e arranho as pernas porque chorar a ausência de vida é muito diferente que chorar a morte. Mas aqui, nesse espaço rodeado de mato meio seco e árvores tortas, tudo tão vazio de gente, o choro é possível, tudo é possível. Algo aqui me encanta mais do que o costume, como a ausência do ruído alto das coisas e o barulho crocante das folhas que a gente pisa e afasta pra se organizar melhor no chão. E esse pedaço de sombra no meio de uma trilha tão sem atrativos ganhou ainda mais motivos de retorno quando eu passei o dedo devagarzinho escorregando pelas suas costas e tudo fez mais sentido do que antes. Encontrar um corpo que realmente dissesse ao meu: isso é um corpo, isso é um corpo que experimenta e se derrete em todas as ambições que escapam para além do espaço daquela cama que a gente inventou. Tenho tentado ocupar um tanto mais a cabeça pra não pensar só nisso, assim ninguém pode dizer que é obsessão, mas gostar de alguém pela primeira vez é sim um desespero, esse medo de não caminhar junto o universo inteiro que eu criei. Esse universo, depois do rompimento, ele deixa de existir. E a verdade é que, quando consigo pensar um tanto mais, posso rir também do meu próprio tom novelesco, enquanto tento não pensar no meu dedo escorregando devagarzinho por suas costas.

Quando se trata de forçar o esquecimento, o tempo pode dar conta dos dias, dos meses, dos anos, mas ele não dá conta das horas. O que a gente faz com as horas enquanto isso, Gabriela? Retomo a caminhada. Fazer uma trilha tem esse aspecto de mágica de fazer desaparecer tudo ao redor. Minha mãe foi quem me trouxe pela primeira vez pra caminhar por esses espaços em Goiás, é tudo de um verde claro tão aberto e cheio de sol. As pernas seguem um ritmo cadenciado e o ritmo não é escolha, ele apenas existe, assim como o suor que vai se acumulando na nuca e atrás das orelhas, assim como a sede que se acumula na língua e o pulmão que aprende a respirar mais fundo e mais para os lados para aguentar seguir em frente. E o mais incrível é que nesse instante da caminhada o meu corpo se permite ser apenas corpo, ele se permite cadenciar os passos sem a obrigação de pensar em nada, enquanto as mãos passam por tudo que encontram no caminho e ao redor são árvores grossas, folhas macias, galhos secos, pedras finas. Eu queria que meu pensamento morasse numa trilha, sentir fome aqui nunca incomoda, sentir fome aqui é só um estado temporário do corpo e isso é um alívio tão grande.

Tento puxar na memória o primeiro instante exato daquela decisão. Deixar, observar, assistir. Pra que lado eu deveria ter seguido pra não me encontrar exatamente aqui? E se a gente nunca tivesse encontrado nenhuma receita? E se eu não tivesse ido dar aulas particulares dentro de um quarto fechado e se eu soubesse largar o osso mais fácil e inventar qualquer outra história? É sempre uma teimosia em transformar tudo, qualquer encontro tão pequeno, em uma grande coisa. E todo mundo não tem potencial para viver uma grande história? Mas a memória é sempre essa colcha inventada e eu já não sei quanto de mim realmente existe e quanto eu me permiti inventar.

Resgato o tempo pra tentar descobrir a curva errada, mas não adianta, ele não há de mostrar outra passagem.

3

Quase tudo passa um tanto invisível pelos portões de Baixo Paraíso. O portão não existe, mas permanece representado pelos arcos brancos que simbolizam a entrada tão comum em cidades de Goiás. Os arcos se retorcem e se expandem em curvas de concreto nas alturas, criando ao olhar do visitante mais desavisado a experiência de entrar, aos poucos, num espetáculo modernista. A ilusão desaparece quando a roda do carro tomba na primeira cratera. O corpo balança, chacoalhando cabelos e órgãos, sabendo que poucas cidades perdidas no tempo guardam o asfalto em linha reta. Um punhado de água lamacenta preenche os buracos maiores e os pássaros, sempre os mais comuns canarinhos de penas acinzentadas, tratam de refrescar a poeira do corpo nas pequenas piscinas naturais, criando um prelúdio do que o visitante persistente pode encontrar se souber escapar pelos caminhos da cidade. A cena de entrada em Baixo Paraíso, com seus quebra-molas sem pintura e piscininhas em formatos irregulares, forma uma colagem urbana quase poética, não fosse tão banal. Poucas ruas esquecidas cortam a avenida principal, que disfarça as rachaduras da cidade em radiantes pousadas multicores, rodeadas por cerquinhas de madeira. Outras ruas cortam a Avenida mais por cima, entre construções tão mais bem acabadas que, entre elas, começa a despontar um prédio de três andares. Entre as pousadas, se espalham cafés com luzes pisca-

-pisca, lojinhas descoladas de artesanato, pizzarias e restaurantes com ares retrô, sempre acompanhados por nomes como Cantinho da Vila, Panela de Barro ou Cozinha Caipira do seu Antenor. A praça do centro, diferente das outras ruas, que se revezam entre o asfalto gasto e o percurso sem luz, recebe música ao vivo durante a noite, com iluminação dourada e carrinhos com pipocas coloridas. É lá que fica a sorveteria da mãe de Gabriela. Um espaço gourmet iluminado por varais com luzinhas de natal e algumas dezenas de sabores do cerrado, entre massas geladas, sorvetes especiais e tortas quentes de banana, chocolate ou maçã. Eu frequentava a sorveteria todos os dias. Fosse para tomar sorvete, fosse para tentar a sorte de encontrar Gabriela. O letreiro iluminado em cor-de-rosa destacava a entrada, combinando toda a decoração do espaço com um pequeno carrossel montado nos jardins da loja, transformando a Paraíso dos Doces em um *point* fotográfico da região. Muitos estabelecimentos deixavam o lado Baixo da cidade para aproveitar o nome de Paraíso, concentrando, em calçadas próximas, o Paraíso dos Livros, dos Doces e das Calcinhas, desembocando no Paraíso das Batatas. Nunca é muito repetir. Paraíso. As ruas que cortam a avenida se escondem na iluminação barata, mantendo em silêncio a cidade que se cria nos apêndices do Paraíso central. Os turistas andam pelo meio, evitando sujar com poeira urbana as sandalinhas de couro compradas especialmente para as trilhas. Pouca ou nenhuma gente se lembraria de visitar Baixo Paraíso, não fosse a sorte geográfica da cidade de nascer despontando ao redor de um dos maiores e mais bonitos conjuntos de cachoeiras. A cidade mais visitada fica ao lado, Alto Paraíso, *point* agora de gente famosa que vem visitar os ares de outro tempo da região. Baixo Paraíso é cidade paralela, segunda opção, a escolha dos atrasados que não conseguiram reservar uma boa pousada na cidade ao lado. Os mais empenhados percorrem quilômetros, entre carros, caronas, caminhadas e aviões, para chegar ao Céu do Paraíso, retiro meditativo mais disputado do planalto central. Os mais místicos mergulham em busca de pedras, dormem na terra e nadam pelados em busca de algum tipo de reconexão. Eles, que andam um tanto perdidos pelas beiradas entulhadas de gente, recorrem ao vazio do país em seu ponto mais alinhado ao centro. Deve existir alguma espécie de equilíbrio por aqui. Esperam. E rimos, ainda crianças, enquanto aprendemos a vender pedras coloridas colhidas em nosso próprio quintal.

O centro hípico fica em uma das últimas esquinas da Rua Principal, a fachada branca com letras douradas e os portões grandes de ferro mostravam um pouco dos ares mais finos de um dos principais pólos de esporte de Goiás. Meu avô trabalhava tratando dos cavalos e foi ali que eu conheci a montaria. Montei sem medo desde cedo, aprendendo a sentar no cavalo enquanto ainda usava fraldas. Aos sete, fiquei entre as finalistas do meu primeiro campeonato regional. Aos nove, recebi um título. Aos dez, ganhei um troféu na capital. Comecei a ganhar peso enquanto nada me importava mais que a montaria, uma vontade de devorar tudo. Depois descobri a balança.

Minha mãe preparou o almoço por dois dias. No primeiro dia, temperou o frango. No segundo, fez o assado em temperatura baixa e temperado pela mistura do que sabia inventar. Fez também o arroz colorido por legumes picados em quadradinhos uniformes e cozidos ao vapor no ponto certo em que não amolece nem se mastiga duro demais. As batatas cortadas em rodelinhas no tamanho exato de caber sem nenhuma mordida por cima da língua. De manhã, me entregou a marmita preparada com o cuidado das mães que preparam a lancheira para a escola e o cuidado das esposas que querem cumprir a agenda das manhãs e o cuidado dos maridos que querem se destacar numa lembrança cheia de tédio no meio do dia. Eu aceitei. Aceitei com o silêncio de quem não conta que combinou o almoço com Gabriela para escapar da tarde seca e com o silêncio de quem planeja jogar a comida pronta, a comida feita, a comida quase um contrato, no lixo da escola. Eu planejo, um dia, jogar tudo fora. Até mesmo os meus sapatos velhos e escondidos num pedaço escuro do guarda-roupas e também os sapatos novos que eu comprei e nunca usei porque meus pés se espalham e as tiras são sempre curtas e deformadas demais. Até mesmo a comida que eu começava a esconder debaixo da cama. Devorei três vezes mais do que conseguia esconder e devorei até que o tempo parecesse um espaço menos infinito.

Comecei a ganhar mais peso do que os olhos locais pareciam aceitar para o esporte e, para emagrecer, minha mãe decidiu me colocar no balé onde eu movimentaria as perninhas gordas esmagadas por uma meia-calça cor-de-rosa, acompanhadas pela barriga se destacando arredondada no *collant*. Eu gostava de dançar, detestava o figurino. Eu amava a montaria, não suportava o riso de fora.

Andar a cavalo era o que eu sabia fazer melhor que Gabriela, que morria de medo do bicho. Eu entregava convites na sorveteria a cada novo treino ou competição, o que garantia a presença constante de

Gabriela e sua mãe em boa parte das arquibancadas. Sempre entreguei os convites nas mãos da mãe, que nunca soube responder sem forçar um riso e amaciar a voz para mostrar cortesia. "É claro que a gente vai, Marília, que honra".

Gabriela fingia se interessar enquanto me olhava competir com o cavalo. Mas eu sabia que aquele era o único lugar do mundo em que ela se desafiava a me prestar atenção. Observava que meu corpo, cada vez mais pesado, alcançava voos curtos em saltos de poucos segundos com o cavalo. Ali eu sabia voar. E com o corpinho bem vestido e delicado, Gabriela se resignava a olhar pra frente enquanto sugava a ponta dos dedos cor-de-rosa, a unha com esmalte completava a pintura feita pelo corante doce da pipoca. Eu acenava para Gabriela quando terminava o circuito e, sentada por perto, minha mãe acenava de volta. Ela nunca comia pipoca.

Aprender hipismo era caro. Mais caro ainda ter um cavalo. E eu agradecia a sorte de aproveitar os domingos no meio de famílias ricas pela vantagem do trabalho do vô. Ele escolheu pra mim o melhor cavalo para emprestar nos treinos. Ele me colocou na turma do melhor professor. Ele conseguiu as roupas que não serviam mais nas meninas maiores. Ele me deixou batizar com um nome novo o cavalo, Estelito, contando que eu não chamasse assim na frente do dono de verdade.

Eu me sentia incrível com as botas altas e a camisa de botão. Naquele fim de ano, quando completasse dez, eu competiria pela primeira vez fora de Goiás. Treinei o máximo que pude, ocupando sempre de manhãzinha a pista, antes da escola, no horário permitido para os filhos e parentes próximos de funcionários. Treinei saltos, treinei corridas, treinei puxadas e posicionamento. Treinei o corpo, os braços, as pernas. Treinei mais firme por meses, até setembro, quando participei de um evento beneficente e, no alvoroço do público lotado, o cavalo levou um susto. Estelito pulou mais baixo, tentou frear com a terra, deslizando pelo chão. Eu e ele terminamos deitados. Meu corpo largado por baixo da montaria.

4

O que essa gente tanto procura nos pés do Cristo além de um punhado de pedras? A vizinha da vó encontrou pedrinhas cor de laranja na sombra dos pés da estátua em pleno verão carioca. A vida depois mudou todinha. Diz que achou emprego, fez reforma, arrumou marido. A mística cresceu até que a vó juntou suas próprias pedras e prometeu deixar por lá, no Cristo ensolarado. A vó nunca andou de avião. E dessa vez a cor da pedra tem que ser outra porque a vizinha achou as graças dela, mas a gente vai buscar as nossas, então tem que ser azul, cor do manto de nossa senhora.

Cristo é assim, tão grande que há de atender ao pedido de quem também mora em terra quente. O vô já disse que não vai. E eu prometi para a Gabriela que roubaria a pedrinha mais bem feita para colocar nas mãos dela, que só acredita pegando uma assim, bem de perto.

Achei um bilhete na gaveta de baixo do armário velho. Enrolado num saquinho de pano muito azul, macio, com as pedrinhas selecionadas. "Que pele é essa que não sabe tecer o corpo? Que sangue é esse que me escorre e nunca te dói?"

Guardo sem entender.

Na cozinha, o quadril da vó balança largo na transição entre o fogão a lenha e mais uma travessa. Ali o Cristo fica na cruz, baita calor do carvão. Minha mãe organiza a mesa em cores e tamanhos combinados para dar mais espaço ao número desordenado de receitas inventadas para uma mesma refeição. A mesa de madeira comprida e larga, acolhida pela luz laranja que ocupa as tardes no janelão. A cozinha toda cheirando a canjica. Sobremesa pronta para finalizar o desfile de pratos do almoço. Canjica é o doce preferido da Gabi, que nunca quis conhecer a fazenda. Deve ter medo de terra seca, olho de quem nunca comeu poeira fora da cidade.

O feijão preto que minha mãe prepara nas panelas grossas faz lembrar o gosto na boca durante a manhã inteira enquanto a gente escuta o barulho da panela de pressão.

A cozinha enorme da fazenda. Os bancos compridos, também de madeira, tudo cheio de visitas. Eu me sentava para assistir ao recheio das tortas salgadas brotar entre o vaivém das mãos. A vó limpava o frango, minha mãe cozia o milho, eu mexia n'água pra colocar de molho a canjica enquanto o vô carregava o latão. Leite fresco, latas enormes, cor de metal. Leite gordo, minha mãe dizia, mas esse não faz mal, pode tomar mais vezes.

Leite gordo não faz mal?

Será que o Cristo também prefere ele gordo quando vira uma réplica perto da praia? O sonho da vó é tocar o pé dele. E diz que me leva pra tocar também. Dedo de cimento, cada pé um tamanho de corpo. Vai só pra deixar as pedrinhas.

Que quer dizer pele que nunca tece o corpo? É feito o concreto que rodeia o corpo do Cristo. Deve ser assim, que nem a pele que eu estico estico, mas sempre me dói.

Bebo outra xícara.

Até ao leite inventaram versão magra, uma que não vem no latão. No fogão a gordura jorrava.

E alimentava o barulho molhado das panelas, o grude do doce, a ponta do bife, a beira da torta. O leite carregado entre as compotas borbulhantes na cozinha, os pés firmes na varanda e as mãos ritmadas no quintal. A gente gostava de acompanhar o vô pegando direto na teta da vaca. O líquido branco esguichando na canequinha. Morno, grosso, um tanto de espuma. A gente tomava assim, sem susto. Bom demais.

O leite gordo desfilando em latão magro para encorpar o prato. Tudo numa textura que eu jamais mastiguei em outro lugar. Do doce de leite no tacho ao arroz-doce no panelão. Todo instante uma disputa para que primo nenhum chegasse para comer primeiro. Vez ou outra ia só a gente. Eu e minha mãe. Eu adorava quando a casa era assim, quase vazia.

Os docinhos, só meus, guardados na despensa. O sabor do bolo escolhido por conta própria e tudo encarrilhado na geladeira, sem risco de sumir antes que eu buscasse o próximo pedaço.

O leite grosso fazendo a receita cremosa, os potinhos de vidro com detalhes desenhados, o amendoim misturado e um tanto de coco salpicado por cima.

Eu trocaria o bife por outra colherada de doce.

Repetiria o prato, enquanto minha mãe deixasse o corpo remexer em notas suaves, acompanhada pelos rodopios na panela e a vó me mostrasse outra vez como era fácil escolher as melhores batatas. Minha mãe me deixaria roubar um pedaço de bolo ainda quente, as cortinas bordadas balançariam na janela e o chão da cozinha seria o lugar mais feliz da casa, ainda que mostrasse uma porção de azulejos manchados na borda.

Fim de tarde eu peguei o cavalo.

O vô me deixou seguir sozinha por um tempo. Pediu uma flor do campo aberto logo ao lado e que eu me pusesse a andar devagar, sem apressar demais o cavalo, nem esquecer que seu corpo era parte de uma estrutura minha. Gabriela nunca viu um cavalo de perto, não sabe como é misturar o corpo a um outro que não é seu.

Fui buscar a flor perto do lamaçal. O rio era argila e pedra, margem mole e barulho de corrente forte que só deixava ficar na beirinha.

No caminho do rio, um rastro de sol. Até esqueci que um dia eu vivi na cidade. Queria ficar de vez.

Aqui, escondida.

O gelo da água deixava o corpo rígido. A mesma rigidez que eu mantive para colher a flor sem destruir o ramo e subir outra vez ao cavalo sem desmanchar nenhuma pétala. A rigidez que eu soube intacta em toda a montaria e que aprenderia a fazer presente quando necessário. Entreguei a flor branca ao vô e, fora do cavalo, o corpo era outra vez uma substância amolecida. A Gabriela nunca subiu num bicho desse, nem nunca viu o corpo ficar mole.

Quantas flores eu teria que colher para manter o corpo assim, sem medo?

Pergunto ao vô onde é que ele arrumou tantas terras, ele me conta uma história comprida e sei que um dia ele ganhou de presente de alguém, que também ganhou de presente de outro, que soube a hora certa de chegar e marcar território.

"Hoje eu também posso escolher um território pra marcar, vô?"

"Não, hoje não pode, hoje as coisas são diferentes, o que é meu é meu. E tudo isso é da gente por muitos anos."

"E alguém pode chegar e pegar de presente um novo pedaço?"

"Não pode, Marília, é nosso, oras, é da família."

Não há motivo para o medo das luzes apagadas no quarto de montaria. Meu avô, emburrado entre os bigodes pouco ruivos e muito brancos pelo tempo, tentava me dar coragem ao primeiro passeio sem companhia. Meu corpo, endurecido do lado de fora, mantendo distância de ao menos um passo largo entre meus pés e o vazio da porta aberta.

Pareço pesada ao cavalo.

O vô sumiu pelo quarto comprido e escolheu, numa silhueta de chapéu e bota larga, a melhor combinação de tapetes e celas. Os apetrechos de cor terrosa foram colocados um a um nas costas do bicho, que comia um capim magro no chão próximo da casa sede. O pelo brilhando mais que meu cabelo no sol.

O cavalo bufava e eu não me mexia, o corpo inerte. Deixa ele te conhecer pela frente, menina. Chega devagar e dê a mão.

Obedeci.

Estelito, com a mancha branca de cinco pontas estampada na testa, cheirou minha mão com as narinas largas, me olhou mais um pouco e voltou a comer capim. Sussurrei que se me levasse a passear devagarzinho, sem susto, eu traria uma cenoura grande e cheia de folhas mais tarde.

A vó continuava a observar da janela. O cheiro de canjica vinha de dentro e se misturava ao cheiro do curral do lado de fora. Uma disputa pela presença mais forte.

Eu queria estar na cozinha, provando a canjica quase pronta. Minha mãe, que gostava de observar a lenha queimando aos poucos, logo me lembraria de deixar o doce para a hora certa do dia. Não belisca tanto, Marília.

Eu tentava me concentrar nas instruções do vô para acertar o pé no lugar certo do estribo e tomar o impulso necessário para jogar o corpo nas costas do cavalo. Ponha força na perna e dê uma ajuda com os braços. O corpo voltou e a vó riu um pouco da janela. Se você imagina que não vai dar conta de subir, não sobe mesmo, Marília. Tomei novo impulso e dessa vez o vô ajudou me empurrando por trás.

Segurei a corda e me vi muito forte lá em cima.

A gente foi lado a lado para o primeiro passeio. Eu e o Estelito, ele dourado e com a crina mais bonita entre todos os cavalos. O vô e o Preto, que brilhava a pelagem no sol. O caminho de barro, a poeira na perna e o vaivém bom do cavalo na virilha. Quis que a Gabriela soubesse que eu já cavalgava sozinha.

Dez dias de verão e eu nunca mais vi balança.

5

Levei um mês para levantar da cama do hospital. Deitada, tento encontrar um espaço seguro para deixar a cabeça e para não fazer o corpo esquecer de vez o que é movimento. Estico o braço pra pegar o copo, levanto as costas pra mudar de posição, olho para a TV sem assistir nada. Deixo o copo cair outra vez no chão e minha mãe chama alguém antes que algum dedo do pé se abra de novo entre o vidro. As enfermeiras entram em sequência, com dois toques rápidos na porta. Mais um exame, outra veia furada, o medicamento descendo pela bolsa cheia de soro que parece me inchar cada vez mais. As janelas do quarto sempre fechadas, seguradas por um parafuso que bloqueia o espaço de abertura pelos dois lados.

Dois meses para andar sozinha. A perna esquece o piloto automático e tento fazer a virilha entender a regulagem de um pé para cima, um impulso para frente, outro pé no apoio e agora para cima, um revezamento constante que nunca me pareceu tão frenético e desregular. O joelho dói. É como se eu tivesse sete vezes a minha quantidade de anos.

Três meses para voltar pra casa e um silêncio absurdo nas ideias por nunca mais ver qualquer lugar diferente. Busco ouvir os sussurros de longe pra inventar fofocas, rabisco desenhos sem importância ou sentido nos cadernos, deixo os olhos vagarem até arder pela televisão. Sonho outra vez que venço um concurso de montaria e como prêmio sou impulsionada com o cavalo para um espaço fora do universo, onde eu e ele flutuamos separados até perder a própria matéria no ar. Mais três meses sem poder me exercitar. Ganho alguma força nas pernas, ganho também apetite e tamanho. Ganho vontades repetidas pelo tédio. Estudei de casa por um semestre e mastiguei caldas e massas e bolos e farelos até que minha ansiedade pudesse baixar. Mas nunca baixava. Minha mãe não me deixou mais montar. Ninguém me diz o que aconteceu com o cavalo depois do nosso fim. E eu nunca soube como seria ser alguém em uma cidade grande.

Meu corpo, que sempre achou fácil ganhar alguns quilos, foi duplicando de tamanho até que eu perdesse roupas, calcinhas e até sapatos.

Voltei grande para a escola e o uniforme de um azul clarinho, com tecido fino feito pijama, não ajudou em nada a me afastar dos olhos de tanta gente. Peitos e barriga marcados carimbavam a blusa, que eu puxava num impulso teimoso, como se ela pudesse se desgrudar. Minha mãe me olhava guardando algo de susto ou algo sem jeito, nunca sabia o que dizer. Eu sempre uma fome de tudo. Sem tamanho.

Eu não quis dividir o lanche na primeira comunhão. E as freiras tomaram das minhas mãos o hambúrguer com fritas comprado exclusivamente para a data especial mesmo que eu já tivesse levado uma bandeja extra de pães de queijo para deixar na mesa. Partiram meu sanduíche ao meio. E colocaram na mesa junto aos outros lanches comuns um hambúrguer especial se perdendo entre salgadinhos gordurentos porque eu não posso comer sozinha o meu próprio lanche em um colégio de freiras. "Cristo reparte", a irmã dizia. E eu só me lembrava do Cristo de pedra, os braços abertos no cimento lisinho e nada de pão. O uniforme fininho incomodava a barriga crescente.

A blusa verde-claro com pouco pano evidenciava as dobras e peitos crescidos antes da hora e eu querendo parar o tempo me negava a usar aquele sutiã de lacinho e sem costura. As meninas me apontavam a perna cabeluda na saia de pregas, descobri a existência dos pelos.

Enquanto eu empilhava pedaços de copos de plástico na mesa, soube da Bárbara, a menina nova apresentada em frente a toda a sala pela diretora. Meu peito disparou. Finalmente alguém mais gorda do que eu. Um rosto redondo que escondia o pescoço. Eu tenho pescoço, Bárbara, e talvez nos próximos dias esse corpo expansivo pudesse dar um pouco da invisibilidade que busco ao meu. Eu apontava a barriga de Bárbara e ria do formato redondo a blusa enorme a pele rasgada. Você não vai brincar de bola, Bárbara, porque hoje quem ocupa a vaga no time sou eu. Bárbara caiu na rampa da escola e rolou como num teatro. A poça de lama sujou o uniforme claro na pancada final um show pirotécnico. A criançada foi à loucura, risos, palmas e gritos enquanto Bárbara tentava erguer o peso até a diretoria. Eu aplaudi pulando enquanto segurava no fígado a vontade de chorar. E o fígado dissolvendo o choro com um suco digestivo mais potente que aquele capaz de quebrar as gorduras. Eu queria ter três vezes mais fígados eliminando toda a minha toxina. Aqui aplaudindo de pé eu também sou substância tóxica. Quando é que a gente vai poder levar um tombo em paz, Bárbara?

6

Gabriela se alastrava cada vez mais em cada pedaço do cotidiano. Costurando um fio que eu nunca soube arrematar. A facilidade para a ausência de rotina me incomodava. Cadê sua agenda de escola? Não tenho. Como não tem? Não tinha. Gabriela não tinha nada enquanto eu sentia que tinha tudo. Um desespero de não ser ninguém. E Gabriela nada tinha porque já era. O corpo fluindo fácil pelos corredores e pela pista de dança. Os cabelos brilhantes do mundo, que ela me confessou tratar com água fria. Eu tinha que perder peso, criar algo brilhante, arrumar dinheiro, ser descoberta. Eu tinha que ajeitar melhor o cabelo, dar um jeito de escolher outras roupas, comprar algum bom sapato. Eu tinha que aprender a beber, me movimentar com mais facilidade, eu tinha que tudo. A gente se beijou de verdade, metendo a língua, depois da aula na oitava série. Gabriela me levou até o banheiro pelas mãos, sempre conduzindo o ritmo do meu corpo que ainda se entendia perdido. Um gosto de manga me descendo pelo corpo todo e fazendo cada parte se esquecer do espaço de fora.

Gabriela me lambendo até as orelhas e saindo do banheiro com uma cara cheia de risada. Gabriela um escape. Eu fiquei parada, com a porta da cabine fechada, por uns dez minutos. Depois fingimos que nada aconteceu.

O pé todinho sujo da lama que grudava entre os dedos depois de uma noite de chuva, lembra, Gabriela? Você uns pés desacostumados a pisar naquele barro fundo que fazia barulho e uma cara de nojo terrível com a espuminha do leite que eu teimava em pedir pra tomar na caneca jorrando direto da teta. A espuma gordurosa que nunca faria parte do seu corpo e que eu deixava jorrar por dentro e por fora do meu, sem um pingo de medo, enquanto você reclamava do cheiro de coisa vencida. E a vó pedia distância pra mexer com espaço a panela de melado. Minha mãe sempre ali perto, te vendo correr e roendo as lembranças dos fins de semana que nunca teve com meu pai. Ele foi embora de pouquinho, sabe? De um jeito que eu torcia logo pra acabar e em pouco tempo já não me lembrava de presença nenhuma.

Não fosse aquela toalha extra no banheiro que, puxa vida, mãe, quanto tempo essa toalha velha vai ficar agourando o espaço. Item de decoração. Meu pai uma toalha velha que nunca ninguém teve coragem de despendurar, baita cheiro de mofo.

"Gabriela vai com a gente pra fazenda esse fim de semana, Marília, ela e a mãe. "Vamos só nós quatro."

"Outra vez?"

"É que os adultos precisam de um tempo de paz. O pai dela gosta de estar sozinho para escrever."

E minha mãe enrolando os cabelos requentados pelo secador fraquinho disputando com sol a pino desde o início da manhã, passando um batom vermelho que quase nunca aparecia na sua boca, enquanto desejava um fim de semana que parecia nunca chegar e sempre tão feliz com a companhia delas.

"Não vai atormentar a menina com bobagens, viu Marília? Brinque um pouco, mostre a fazenda."

E assim eu ia me atormentando. Enquanto o vô nos deixava trepar entre os galhos da mangueira, e Gabriela ria, como sempre, da minha dificuldade em jogar o corpo para cima. Tanto peso nessas pernas e uns bracinhos tão curtos que pareciam sempre incapazes de me segurar. A gente brincava na obrigação das amizades inventadas da infância, quando os adultos nos apresentam pra gastar tempo juntos e terem tempo para conversar. Eu tentava subir nas árvores enquanto Gabriela balançava as pernas lá de cima e nossas mães riam e conversavam de um tanto na varanda, comendo bolos tão cheirosos feitos pelas quatro mãos. Quem visse de longe, enxergaria uma pequena família feita só por mulheres.

É impossível ser invisível na fazenda. Quero estar lá toda vez que estou na cidade. Enquanto o vô monta os cavalos, a vó faz as comidas mais gostosas. Minha mãe diz que é o leite tirado fresquinho da vaca que deixa tudo assim mais gostoso e eu fico pensando se o que eu tomo lá em casa não é fresquinho ou não é feito na vaca também.

Depois do almoço, minha mãe sempre me pergunta se eu quero mais um pedaço de bolo e a minha boca chega a salivar, mas eu tenho medo de repetir a sobremesa e crescer para os lados ainda mais do que eu cresço para cima.

Então eu não repito na frente de ninguém.

Eu como milho na espiga, leite na caneca, doce de leite em um tacho enorme, manga da árvore, arroz doce e tanta coisa que eu nem consigo experimentar de uma vez só. A vó serve de tudo naquela mesa de madeira enorme, como se todo dia fosse dia de banquete. E ali, de repente era. Ela me ensina umas brincadeiras novas e eu aprendo a catar fruta, montar a cavalo, perseguir pintinhos, pegar ovos. Tomo banho na bica e faço argila num riacho pequeno e cheio de lama.

As brincadeiras de movimento são boas para queimar calorias, o que é muito bom para criança que precisa perder barriga. Eu penso que se tivesse a barriga bem retinha seria a dona de todas as brincadeiras. Daí eu coloco os patins e ando sem parar. Do quarto pra sala, da sala do quarto. E a vizinha manda parar.

Não pode fazer barulho quando você mora em apartamento ou casa com a parede grudada na outra.

Então você vive quietinho. De preferência, no sofá.

7

A mãe de Gabriela me elogiava muito. Entre elas, eu sou uma boa influência. Minha mãe é professora de português da terceira série lá na escola e se espalhou por aí a fama de que eu teria muita facilidade com as letras. "Incentivo dentro casa, não tinha outro jeito." Ficou decidido que eu ajudaria a Gabriela a estudar. As mães não sabem dos pactos que rondam uma escola, como se, ao entrar na fase adulta, apagassem cada pedaço de tempo que passaram na sala de aula. Eu e Gabriela estudamos na mesma escola, fazemos parte da mesma sala, moramos no mesmo prédio, conhecemos o mesmo grupo de meninas e meninos desajeitados de sempre, mas não nos falamos. Existe uma hierarquia muito bem definida que nos separa, como um preparatório para o tempo de mandar ou obedecer quando estivermos adultos.

Eu não saberia como dar bom-dia para a Gabriela, não fosse essa aproximação incentivada por minha mãe, quanto mais ensinar história, geografia ou português. Ficou decidido. Mas mãe, por que eu tenho que ensinar a Gabriela se ela nunca me ensinou nada? Comecei a contar os dias para o fim do verão e dividi meu tempo entre aproveitar as férias e escrever tudo o que eu me lembrava das aulas para mostrar o que eu sabia quando a gente se encontrasse sem mais ninguém por perto. Enquanto professora particular, eu não seria invisível. Meus cadernos ganhavam cada vez mais páginas preenchidas com um vocabulário que eu treinava diariamente para parecer impecável e, nas horas restantes, a fazenda seguia seu curso particular, enquanto eu podia fazer coisas perigosíssimas como tentar pegar galinhas e tomar o leite quente e encorpado das tetas da vaca direto na minha caneca de alumínio.

A primeira aula particular ficou combinada para a semana seguinte.

Gabriela, de mãos dadas com a mãe, tocou a campainha. Minha mãe e a mãe dela, que parecia muito jovem e era uma versão maior, mais bonita, mais loira e mais desenvolvida da filha, iam juntas para todo lugar. Aposto que se não tivesse nascido e morado a vida inteira nessa cidade que dizem ser capital, mas tem cara de interior, ela seria uma atriz de cinema muito famosa, assim como tive certeza de que a Gabriela seria um dia.

Mas aqui, nos problemas cotidianos de um interior qualquer, a questão era que a filha perfeita da Dona Lúcia não se dava muito bem com as palavras, o que rendia notas muito baixas durante todo o período de escola desde que aprendemos a escrever. E agora, era o meu dever ajudar. As aulas seriam aqui pra garantir o silêncio na casa da Gabriela. O padrasto trabalhava em um escritório próprio lá dentro e passava os dias com as portas fechadas, enquanto pedia que parassem com qualquer barulho ao redor. Uma vez, o padrasto me chamou pra conhecer a estante de livros lá de dentro, mas a verdade é que nunca tive vontade de entrar naquele lugar. Enquanto eu esticava os pés na maior altura possível pra alcançar os livros mais altos, o padrastro deu um tapa na minha bunda e riu. "Vai ter que crescer mais pra alcançar esse ponto."

Eu não disse nada ao abrir a porta ou no caminho até o meu quarto. Fiquei ali sentada na cadeirinha de madeira que fazia jogo com a mesa de estudos e ela sentada na cama, com a almofada no colo e um estado de mínima vontade em me escutar. Ainda assim, era o meu quarto e, naquele espaço, eu era capaz de ditar o ritmo do tempo. A Gabriela na cama e o quarto um redemoinho. No fundo a voz fraca dos adultos.

Eu assumi um tom professoral, muito pronta para cumprir minha nova função. A Gabriela continuou relaxada e parecia muito menos desagradável sentada no meu quarto do que junto das outras crianças da escola. Ela estava desarmada, a cabeça não se mantinha inclinada como na hora do recreio e, ainda assim, aquela cara perfeita parecia me desafiar. Sem a obrigação de se portar como ponto de destaque de um grupo de crianças desorientadas, Gabriela era puro silêncio.

Ela começou a ouvir as lições com mais atenção e parecia realmente interessada em aprender alguma coisa. Revisamos boa parte do conteúdo e, olhando de perto aquele pequeno fragmento, eu tive certeza de que se ela não me deixasse tão nervosa, nós poderíamos ser melhores amigas.

Ficou combinado que a gente dividiria as matérias por mês e aquela primeira etapa seria dedicada ao português, onde a Gabi precisava de mais atenção. Falei muito bem sobre tudo o que eu sabia dos adjetivos, artigos e verbos e me lembrei da música que a professora nos ensinou para aprender as preposições. Cantamos juntas enquanto a Gabi trançava os cabelos em tranças douradas e fininhas. Eu era boa em ensinar e me sentia realmente muito bem por encontrar outra coisa em que eu fosse melhor que a

Gabriela, reunindo pequenas vantagens que eu finalmente poderia mostrar.

No intervalo dos estudos, minha mãe serviu bolo de cenoura com chocolate e suco de morango. A Gabi me contou que a mãe dela trabalhava como dentista e ela já tinha visitado muitas vezes o escritório todo branquinho em um dos bairros mais nobres da cidade. Ela contou que tinha um irmão mais velho insuportável e que na parte de cima do prédio onde ela morava tinha uma piscina só para os moradores. Eu comi um pedaço grande de bolo e minha mãe estava tão satisfeita com a minha nova função de professora que me deixou repetir o lanche e eu nem me importei se chocolate fazia ou não crescer a barriga.

Foi uma tarde de sábado realmente incrível e a Gabriela me deu um abraço na hora de ir embora, emendando um obrigada pelas lições, Marília. Ela foi andando de mãos dadas com a mãe, as duas disputando para ver quem tinha os cabelos mais dourados debaixo daquele sol. Eu observei pela janela e torci para que a próxima aula particular chegasse o quanto antes.

Gabriela circulava em nossa casa com os vestidos sempre muito lisos e aprumados. Desfilava em cores claras, que se misturavam aos cabelos dourados e à pele em tons de rosa. Tudo muito frio, gracioso, elegante. Minha mãe se acostumou a preparar o chá e os petiscos da tarde sempre em duas porções, caminhando pela casa com a bandeja bem elaborada para impressionar a filha de uma classe média um tanto mais alta. Eu me mantinha entretida com a fantasia de uma amiga tão desejada, que frequentava a minha casa apenas para estudos, enquanto imaginava uma convivência muito cheia de carinhos e brincadeiras fora dos muros da escola. Minha mãe se divertia com a fantasia de uma filha a mais, tão delicada e presente que tornava possível seu sonho de continuar a brincar de bonecas.

Na segunda-feira, encontrei a Gabi no corredor principal da escola, rodeada por um grupo de amigas delicadas e bonitinhas como numa foto para estampar caixas de bonecas. Eu dei um sorriso muito aberto para a Gabriela, que devolveu com um esconde esses dentes enormes! Depois pediu desculpa e me entregou um Sonho de valsa escondido no bolso.

Seríamos amigas somente aos sábados.

Gabriela parecia dobrar um pouco a língua quando tentava me dizer algo diferente, um medo grande de experimentar o mundo. Três dias depois daquele encontro no corredor da escola, a Gabriela me esperou na porta de casa pra subir andando juntas logo no comecinho da manhã. Levou um picolé de milho, meu favorito. O picolé veio meio derretido da mão apertando quente no caminho e, ainda assim, não deixou de espalhar na boca aqueles gelinhos feito neve que grudam no doce quando o *freezer* da venda é mais antigo. Gabriela me entregou o picolé e abriu um igualzinho para chupar. Eu sabia que o seu preferido era de morango, mas cada um inventa seu jeito de desengasgar a desculpa. E minha mãe, que ainda escorava o corpo na porta, estendeu a mão para ganhar seu sorvete de flocos, era sempre flocos. E o dia começou um tanto melhor com a boca lambuzada e mão suja do milho derretido entre os dedos, que picolé nenhum sustenta muito tempo o corpo no palito pra esses lados do mundo. E Gabriela manteve uns passinhos lentos para ter mais tempo de ir ao lado, me pegando nas mãos lambuzadas e enlaçando os dedos de um jeito duro. "Olha! Saiu outro picolé no meu palito."

Seguimos assim alguns dias. Calmaria suada de quem se permite comer doce logo no início das manhãs. Antes da escola, eu ganhava um pedaço de cocada ou doce de leite, um brigadeiro de confetes coloridos ou um copinho de curau, doce de leite ninho em bolinhas ou goiabada de colher e Gabriela sabia o caminho de adoçar a boca para amansar as ideias.

8

Fincados na areia feito uma concha. Ou atrapalhados, remexidos na terra. Sujos, ressecados pelo cerrado, dedos espalhados. Ali, ainda bem pequeninos, eles vão se posicionando para pegar impulso e se prender à casca da árvore que faz sombra e deixa cheiro de goiaba atrás do prédio. Os pés, duros e corpulentos, são instáveis. Balançam para os lados em desequilíbrio permanente. Suportam o peso do meu corpo que, ainda pequeno, já é grande demais.

Minha mãe manda calçar os sapatos, tem muita sujeira no chão, até cuspe, menina! Eu ia de chinelos até o prédio da frente e tirava na praça ao lado, onde a gente jogava um pouco de vôlei depois de esperar o tempo passar. A goiabeira, que eu olhava de baixo e aprendia a ver de cima, dava aquela goiaba branca por dentro. Eu morria de medo de morder bicho e, às vezes, mordia. Tudo da mesma cor, eu olhava e lá estava só metade do corpinho.

Os pés de fruta ocupam o espaço ao lado das calçadas do prédio, onde eu ocupava o último andar. Do outro lado, a gente atravessava a rua e logo chegava ao esconderijo criado pelos maiores pés-de-manga da região. As meninas davam risada porque ali era mais difícil subir e meu impulso não dava conta de jogar o corpo para cima da árvore. A Gabriela ia subindo tão rápido que eu nem via. Despontava entre os galhos com as perninhas magras e um cabelo mais bonito que qualquer outra menina.

Meus pés fincados na terra, esperando, os dedos menos brancos que marrons. Ela jogava as mangas e eu recolhia com uma sacola. Vê se não joga na minha cabeça. Ela comia as verdes com sal, eu gostava só das maduras, doces, bem amarelas. Gostava de assistir a ela comer sem se lambuzar. Eu me sujava toda, limpava as mãos na roupa e voltava para a árvore. Tentei até que subi. Cortei o dedo no tronco e deixei uma marca de sangue que virou a prova da primeira vez em que eu acompanhei os pés rápidos e sem medo da Gabriela.

No alto da árvore, lá em cima, no galho mais difícil. Estiquei os braços gordinhos e não pude alcançar. O peso do corpo permanecia no galho mais baixo, sem impulso. Sentei para observar Gabriela sujar a boca e as bochechas com as amorinhas. Recolhi algumas menos maduras, quase verdes, azedas. Mais tarde eu comi uma sobremesa bem doce para a vontade passar. A Gabriela guardou várias daquelas amoras quase pretinhas na blusa amarrada, deviam estar doces, sujaram tudo. Ela disse que não ia me dar.

Em cima do pé de fruta ficava o clubinho das meninas. Os meninos seguiam para a árvore ao lado e o Pedro gritou: ela é gorda, mas é feliz! Deram risada. Aprendi ali que era gorda, antes não sabia. Desci da árvore arranhando os pés no tronco, o calcanhar ficando ainda mais grosso, sujo e cheio de linhas. Minha mãe ia reclamar. Dizia que ficaria encardido e nunca mais daria para lavar. Acho que ficou.

O vizinho do lado, com um pescoço muito comprido, um dia foi buscar a filha no jardim e perguntou: Por que você é gordinha? Apontou minha barriga. Encolhi aquele pedaço de corpo pela primeira vez. Os adultos pensam que uma criança é um saco vazio de memórias. Quando ficar adulta, quero entender os motivos que fazem uma barriga incomodar tanta gente.

Sempre passo por alguém que tenta me ensinar que sou gorda. Menina descompensada. Às vezes sei fingir que esqueço. Em outras eu me lembro, e puxo a ponta da blusa um pouco mais para baixo. Tiro os pés da terra e caminho pelo cimento frio do chão. Ficam tão sujos que chamam alguma atenção. Talvez eu goste. Prefiro atrair os olhares um pouco mais para baixo. Puxo a blusa outra vez e volto para casa.

A Clara ia sempre ao meu lado até o portão, ela morava no prédio ao lado e tinha um problema nos olhos que fazia com que eles olhassem sempre para outro lugar. Quando conversava comigo, era como se observasse alguém vindo lá atrás, muito longe. Ninguém brincava direito com ela por conta dos olhos tortos e minha mãe disse que ela era estrábica. Jeito esquisito de nomear os olhos. Eu não ligava, achava até bom, assim eles não olhariam sempre diretamente para mim, o que seria perfeito para uma melhor amiga.

Na verdade, a Clara é a minha única amiga e eu não acho errado ter uma amiga só, é como ter uma mãe, um vô, uma vó. Clarinha não é grande como eu, mas também não é tão delicada quanto a Gabriela. Ela é uma menina de tamanho médio e penso que, se eu também fosse média, seria mais difícil ficar grande e larga na fase adulta. Crescer rápido faz a pele desenhar estrias.

Ela nunca gostou da Gabriela e não aceitou bem a história de aula particular. Tudo o que fosse conversado durante aquelas aulas no meu quarto era assunto proibido e a gente começou a se ver cada vez menos, perdendo o silêncio natural de antes. Meu assunto preferido era justamente contar tudo o que começasse e terminasse naquele lugar. E Clara revirava para cima os olhos já um tanto tortos, guardando a certeza de quem sabe que os dias não eram tão geniais assim.

A Clara me ensinou a brincar de comidinha e fazer poção de memórias. E logo essa era a brincadeira preferida no recreio da escola, nas quartas-feiras depois da aula de natação e em todo domingo, esquecidas no quintal. E era no quintal onde cada receita e poção ganhavam ingredientes mais mirabolantes. Fazer comidinha era fácil, uma cumbuca com água, folhas variadas, frutinhas vermelhas e laranjas que davam no pé do vizinho e se espalhavam com os galhos pro nosso lado, gravetos cortados em pedaços parecidos e tudo remexido até soltar alguma cor no caldo com cheiro de grama. Imaginar o cheirinho de coisa verde fervendo numa fogueira inventada pelas pedras organizadas no chão.

A poção pedia uma escolha mais engenhosa. Cada cor de folha era responsável por um tipo de memória diferente. Vermelho pra marcar lembranças felizes e de coisas de amor, verde-escuro pra medos insistentes, verde-claro pra sonhos distantes, laranja pra cenas de risada, amarelo pra memórias inventadas e lembranças de criação. E naquele domingo encontramos um monte de folhas amarelas. Misturamos as mais inteiras em outra cumbuca, essa mais generosa, marrom, grande, parecia madeira.

E a poção amarelada ganhou pedacinhos picados de folha vermelha e decidimos inventar a memória de um dia incrível e prometemos nos encontrar depois de grandes, em muitos anos adiante, e assim a gente lembraria desse dia em que dissemos que lembraríamos desse dia.

Depois de mexer muito, deixamos a poção debaixo do sol, em cima das pedras mais quentes, numa fervura natural que se faria durante o nosso almoço. Pedi que minha mãe deixasse a gente almoçar num estilo pique-nique e forramos com a toalha grande e quadriculada de quadradinhos brancos e vermelhos e arrumamos os pratinhos de louça branca e os copos de vidro grosso com desenhos de morangos e abacaxis, levando dentro um suco de uva pra pintar os bigodes de roxo e criar uma risadaria com os dentes cheios de fiapos de carne de panela. De sobremesa minha mãe fez pudim pra agradar com o doce preferido da Clara e repetimos duas vezes até a barriga estufar e o corpo cair num cochilo não planejado debaixo do sol da tarde no quintal.

Acordamos com a cara quente e eu decidi que a gente deveria ver um filme que começaria logo mais na televisão, a minha mãe deixaria a gente estourar um saco de pipocas pra dar cheiro de coisa gostosa na tarde daquele domingo tão comum pra quem visse do lado de fora do nosso portão. E assistimos ao filme comendo pipoca e brincando de dublar boa parte das cenas com diálogos inventados muito melhores que os originais. Depois do filme, uma partida de Jogo da Vida pra completar a roleta de coisas favoritas e encerramos o fim de tarde com o sol já fraquinho se despencando pra fora das nossas árvores e despejamos a poção morna com folhas murchas e a água ainda mais amarelada em cima dos pés. Que era esse o jeito secreto de eternizar a memória.

No fim do domingo, ela me contou da mudança e eu entendi que mais ninguém saberia brincar de bruxa. Esse trecho da conversa acabou ficando também guardado por conta da poção de fazer memórias. A família ia morar em outro bairro e a Clara começaria a estudar em uma escola muito melhor. A mãe dela contou tudo lá em casa, encostada no portão. Ficou muito feliz.

Eu não.

Comecei um diário com cheiro de fruta. Anoto nas páginas o que me lembro e pode ser verdade. Conto tudo enquanto como bem rápido os biscoitos que comprei com o troco que sobrou da escola. Recheio de morango, casca grossa e crocante. Minha mãe me mandou ir brincar mais um pouco na rua, ainda não é hora de almoçar. Será que ela também come escondido? Escuto a voz da mãe da Gabi no portão, deve ter ido levar algo de presente, ela adora deixar quitutes lá em casa. A cozinha toda cheirando a estrogonofe. Arrumo a cama e me perco no quarto.

Um pouco mais só.

9

Minha avó desaparecia aos poucos da fazenda. Um corpo que vai, sem pressa, se desabrigando de seus espaços. E a vó diminuía de tamanho, como se no fim a gente finalmente entendesse que sempre quis voltar para a infância. Decidiram que eu não iria ao enterro. Minha mãe queria me poupar de pegar a estrada e enfrentar o tempo para ver a morte mais de perto. Nunca me perguntaram se eu queria ir. E eu não soube reivindicar. E quem decide sobre a dor do outro? Quem decide o quanto eu aguento saber?

Gente desconhecida circulava pela casa sempre aos sussurros com minha mãe. Uma vizinha de lenço vermelho, que entrava pela porta de casa sempre sem bater, veio trazer bolo. "A senhora sabe, ela agora está melhor. Meus sentimentos." E me ofereceu um pedaço de bolo de laranja tremendamente gostoso, com uma calda de suco que deixava a massa molhadinha na medida certa. "Faz uma oração pra vovó, Marília." E eu sentava comendo outro pedaço de longe, escutando de longe minha mãe outra vez ao telefone, a voz mais fraquinha sempre agradecendo e sim, obrigada, te esperamos por lá.

"A vó foi para um lugar melhor, Marília. Lá ela vai descansar."

Descansar de quê? Ninguém me dizia mais nada e cada vez mais gente aparecia com travessas de comida, uma compota de doce, um bolo quentinho. Eu pescava a morte assim, aos poucos e pelos cantos, no sussurro das frases de "meus sentimentos, Carmem, estou aqui para o que precisar". "Ela já tinha cumprido sua missão." E que missão a gente deve cumprir antes de morrer? Como é que se descobre? A morte é um tanto de silêncio e cochicho.

É pior inventar que saber a morte. Imaginar o medo, o triste, o corpo no caixão. Quanto tempo levaria para descer na terra? Qual o tamanho do buraco que cavam? Quanto de chão a terra consegue ceder sem desmoronar? Quando colocam o corpo bem fundo, é possível se esconder dos vermes? Morrer é deixar de existir de uma vez ou é realmente começar a existir em outro lugar? E se existe um lugar melhor, quem é que escolhe? A gente pode escolher?

"Mãe, morrer dói? A gente ainda sente fome? A gente se esquece de tudo?"

"Não dói, Marília. Pode ir brincar um pouquinho." Uma falta de jeito. Tudo baixinho.

Evitei olhar nos olhos pra não pedir muita explicação. Como queriam, eu me fingi poupada. Perdida entre uma coleção de bonecas coloridas que me ajudavam a fingir brincar. Eu gostava de pintar o cabelo delas. Linhas finas e compridas preenchidas por uma cor individual para cada personalidade. O corpinho sempre igual. Os peitos redondos e pontudos que não lembravam em nada os peitos meus ou os de minha mãe. Em algumas histórias eu deitava as bonecas juntas. E os bonecos fariam outra coisa qualquer do lado de fora.

Minha mãe viajou para o enterro e eu dormi na vizinha, que fez cachorro-quente com muito molho pra me agradar. Rolei na cama a noite toda. Aquele calor seco de verão sem água que nunca deixa a gente suar. A vó me assombrou sem saber no quarto. Menos

53

por maldade, mais pra reivindicar minha ausência. Será que um corpo físico também conseguiria escapar depois de mergulhar num buraco tão fundo? Vai ver que é melhor largar o peso e virar assombração. A vó tava lá e, no outro dia, não tava. Nesse choque meio inexplicável que nos pega quando interrompe a vida. Como se todas aquelas imagens – a vó acenando da cerca, a cor verde da sandália de trança, o cabelo sempre atrapalhado pelo vento – nunca tivessem existido. E como a gente distingue a memória real da lembrança inventada? Ninguém me dizia nada. E eu seguia pelo canto inventando a morte, acho que minha mãe não sabia me dizer. O vô nunca mais colocou uma cerca nova, nem na sede, muito menos no pasto. A mãe disse que duas vacas fugiram por uma abertura velha. Elas também vão fugir aos pouquinhos, todas elas. Mas a vida dos lugares não se interrompe assim tão abrupta, ela escapole devagar, pingando pelo canto da mão.

A barriga cheia pela comida engolida em ansiedade e uma vontade doida de vomitar. O braço arranhado pelas próprias unhas, que buscam na pele um espaço para não se sentirem tão sós. Os rabiscos fazem mapa, se embrenhando entre rios de estrias de um corpo que, na ausência, cresceu rápido demais.

O cabelo repuxado pela ansiedade da espera, a mãe, imaginada, um retrato perto da janela atrás do sofá. Os dentes faltando um pedaço de tanto arrastarem a própria fúria. A blusa amassada pelas mãos suadas, firmes, inquietas. Um pedaço de boca sangrando pela mordida do dente trincado, que nunca ninguém arruma porque é caro demais pra qualquer um pagar.

Um chumaço de cabelo cortado em tesoura sem ponta.

Os pés inchados de tanto apertarem o próprio corpo no carpete antigo, rasgado. O pescoço dolorido de tentar sustentar algum eixo vazio, olhando pra cá, procurando de lá. A mão cansada de tanto esfregar a própria perna. O estômago inchado de morder os biscoitos duros, a goiabada mole, o pão macio, a fruta azeda, a língua amarga. A garganta ardendo refluxo na rapidez de devorar um lugar vazio. A testa vermelha e marcada em unhas sem lixa. As costas curvadas de aguentar a culpa. A boca intacta.

10

O Cristo da Paz fica em Bom Jesus do Galho, que, aliás, é um nome de cidade muito mais apropriado para receber um Cristo assim, de braços abertos. Eu descobri que o Cristo Redentor original tem uma porção de versões espalhadas por aí e que Jesus parece não ter sido tão bom naquela cidade no interior do país, que tinha muita terra, muro velho e casas pequenininhas pra rodear uma estátua tão majestosa. Era como um enfeite de ouro em uma estante de papel.

Nos pés do Cristo mineiro, que é rodeado por dois anjos tocando trombetas e tem os braços meio curvados, eu soube que nenhum outro Cristo poderia ser tão grande, tão imponente e tão bonito. Eu demorei meia hora pra subir as escadarias ao lado da minha mãe, que precisava recuperar o fôlego a cada seis ou sete degraus. Ao redor dos anjos, tudo virava montanha, porque o Cristo da Paz precisa de muito silêncio e não pode ser rodeado por uma cidade grande.

Essa foi a primeira viagem que a gente fez sem ter que visitar nenhum parente, a primeira viagem que eu fazia em anos para um lugar que não fosse a fazenda e foi realmente um programa muito adulto me juntar à minha mãe para pagar uma promessa. Ela confia mais em mim depois que eu fiz dez anos, porque com dois dígitos a gente aumenta muito a ideia de responsabilidade. Você agora já é capaz de entender seus próprios atos, Marília. Por isso, fazer piada com o rosto sem expressão do Cristo era pecado.

Depois do enterro, minha mãe segurou minha mão com força e disse que a gente cumpriria juntas a promessa que a vó fez de conhecer o Cristo Redentor. Acontece que promessa feita durante a vida deve ser cumprida por alguém, mesmo que a pessoa que prometeu originalmente esteja morta. Tem que cumprir, minha filha, ou sua vó não consegue ter o espírito livre. Eu não queria de jeito nenhum prender o espírito da vó e prometi que ajudaria minha mãe a arrumar a viagem toda para ver o Cristo de pertinho.

É muita promessa feita, talvez Deus já nem se importe mais com essas que vêm de um lugar tão pequeno.

Eu descobri que viajar para o Rio de Janeiro era muito caro, ainda mais no tempo de sol, quando todo mundo quer passar o dia tomando banho de mar em uma praia famosa. O Cristo Redentor deveria abrir os braços em um lugar mais baratinho, assim todo mundo podia cumprir promessa, pedir bênção e seguir passagem.

Minha mãe foi reclamar dos preços com a vizinha, que contou sobre a descoberta emocionante do Cristo da Paz, igualzinho ao Redentor. Ela viu esse Cristo viajando de carro e sentiu uma paz percorrendo o carro todo. E assim a gente ganhou um novo destino: Bom Jesus do Galho. É igualzinho, Marília, sua vó não vai se importar e Deus vai perdoar o desvio pela boa intenção.

Era sempre aquele caminho de terra vermelha, muita poeira e árvore torta no interior de Goiás. A árvore é torta nesses cantos perdidos pra lembrar que quem caminha por ali é sempre um pouco torto também.

A gente ia de carro até a fazenda, muito pertinho,

e precisava preparar só um sanduíche de queijo pra comer na viagem, mas Bom Jesus do Galho era longe e a gente levaria dezesseis horas até a ponta da cidade. Qualquer um precisa de muito lanche para aguentar esse caminho todo e eu disse pra minha mãe que a gente deveria providenciar um isopor para comida urgente ou a gente logo morreria de fome e de tédio.

Eu nunca tive que ficar tanto tempo seguido ao lado dela, mas não mudou nada, e a gente dividiu muito silêncio enquanto escutava alguns pedaços de música e ruído no rádio. Ela chorou um pouquinho quando começou a tocar Gilberto Gil, com uma letra de esperar na janela que minha vó gostava muito. Eu nunca choro na frente de ninguém. Mostrar o choro é deixar que vejam nossos pedaços sem certeza ou coragem e eu não quero que ninguém me veja assim.

As estradas parecem todas muito iguais de dentro do carro e você só consegue notar a diferença entre elas pela cor das árvores e pelo tamanho das montanhas. Tem sempre um posto com homens de boné e calça jeans no meio do caminho, gente vendendo queijo no quebra-molas e muito mato. Andar de carro em qualquer ponto da região sempre foi muito parecido.

As cidades pequenas também se parecem muito se você não prestar atenção. Uma igreja central, uma praça, muitas casas, lojas pequenas, pessoas velhas sentadas em cadeiras encostadas nos muros, crianças sem sapatos, um carro de som, um campinho de grama. Por isso a gente precisa manter os olhos bem apurados, ou pensa que o tempo passa igual em todo lugar.

O Cristo ficava na outra ponta da cidade, o que não significava muita coisa, já que Bom Jesus do Galho parece ter o tamanho do meu bairro. No caminho, um carro vendendo pamonha, uma loja de coisas usadas para decorar a casa, uma escola infantil com duas freiras na porta e crianças vestindo um uniforme todo azul. Uma praça com pés de manga e bancos de cimento, um velho de chapéu preto e botas marrons, dois homens jovens passando pela rua montados em cavalos, uma senhora vendendo bolo quentinho. Compramos dois pedaços e minha mãe me deixou escolher o sabor com calda de chocolate derretido, que sujou nossa boca, as mãos e um pedaço do volante. Minha mãe não brigou nada.

Era a melhor viagem de todas.

Pra chegar até o monumento, o carro foi subindo uma estrada cheia de curva e de terra, toda rodeada de montanhas. Ficaríamos na cidade durante o fim de semana. Lá no topo, o Cristo abria os braços em cima de uma construção que parece mais uma igreja sem telhado e deixava a gente se sentir bem pequenininha. Então eu me senti muito frágil e delicada, uma garotinha, como se, por um instante, eu ocupasse o mesmo corpo pequeno e suave da Gabriela. Era assim a sensação de paz que a vizinha tinha sentido.

11

Minha mãe e a mãe da Gabriela tomavam café e comiam biscoito sem recheio na sala enquanto esperavam nossas aulas particulares, sempre no quarto. Às vezes eles iam para o quarto da mãe da Gabi também. Ficaram muito amigas, ou pelo menos encontraram assunto para conversar e esquecer o tempo de alguma maneira. A mãe da Gabriela queria passar um fim de semana particular em um hotel especial com o marido, para comemorar sabe-se lá quanto tempo de casamento. Ficou decidido que a Gabriela passaria o fim de semana com a gente e que iríamos para a fazenda aproveitar melhor aqueles dias de sol quente e seco de agosto. Minha mãe pareceu meio emburrada com a decisão, mas aceitou, enquanto a mãe da Gabi dava nela um abraço forte e prometia ir junto no feriado seguinte. Nem eu nem Gabriela fomos consultadas, mas concordamos. Eu vou adorar, conhecer a fazenda, Tia!

Minha mãe dirigiu sozinha na frente, enquanto eu e Gabriela aproveitamos para brincar e conversar no banco de trás. Fora da escola nos oferecíamos uma trégua velada, sem pedidos de desculpas ou perguntas exageradas. Eu me esquecia do tempo percorrido entre os corredores cheios de crianças prontas a seguir uma ordem, dos bilhetes, da popularidade, do quanto fingíamos não nos conhecer e muito menos frequentar casas e quartos particulares. Eu me esquecia das risadas e da agilidade firme de Gabriela, enquanto me permitia respirar na ingenuidade de um apagão na memória. Ela parecia fazer o mesmo e conversávamos durante esse tempo entre casas, carros, quartos e fazendas quase como se fôssemos amigas de verdade. Eu me entregava às perguntas e aos assuntos de Gabriela como nunca soube fazer nem mesmo com Clara, a quem eu gostava de chamar melhor amiga. Gabriela me fazia soltar o riso, fazer planos e dividir verdades.

"Um dia eu quero descobrir algo muito difícil e tão incrível que vou ganhar um prêmio." "Descobrir o quê, Marília?"

"Ou eu posso ser uma atriz mundialmente reconhecida e levar um Oscar. E você?"

Gabriela nunca dizia, tinha a tranquilidade solta de quem ainda iria descobrir. Eu uma ansiedade tamanha. Vontade mesmo de ser gente, virar alguém, ser assunto naquele meio de cerrado perdido no centro do país. Quem inventou de construir cidades tão longe do mar?

Três ou quatro horas de estrada até o sul do estado e uma porção de cidade com nomes de outras coisas, como Pimenta, Formiga, Pescador e Periquito. No meio das nossas pernas se encaixava um dos meus itens preferidos de viagem, o isopor de aperitivos. Minha mãe preparava sanduíches, suco, salada de frutas e completava com um pouco de chocolate e biscoito para me agradar. O isopor era pretexto pra me distrair durante as horas dentro do carro. E ele cumpria seu papel, chegando sempre vazio quando o carro estacionava. Fazíamos três ou quatro paradas para esticar as pernas, ir ao banheiro e comprar algum lanche mais salgado em pontos de encontro de turistas perdidos e caminhoneiros. Os restaurantes eram sempre rodeados por estrada, mato, montanha, lojas de artesanato e homens de boné.

O trajeto era uma delícia. Eu gostava de imaginar um jogo, em que um pequeno homem pulava entre as árvores passando feito vulto pelo caminho do lado de fora, enquanto minha mãe cantava junto com o som. Eu nunca vi minha mãe cantar fora da estrada. E era sempre o Gil, te esperando na janela, ai ai, não sei se vou me segurar. Não tocava Gil na casa da Gabriela e terminar essa frase sempre me fazia lembrar outra música antiga de um baile na base da chinela, numa piada muito particular que me fazia rir bem aberto, acompanhada de minha mãe. Gabi ia acompanhando o lado de fora, sem saber nada de isopor de comida, seleção de música gravada e muito menos de chinela.

A estrada reta do cerrado mudava pouco entre o início e as pontas de Goiás. As árvores iam crescendo, mas continuavam meio tortas. Montanha verde pra todo lado quando a gente olhava pra longe, uns ipês amarelos daquele mês, pouca gente, muita poeira. A paisagem se transformava na hora de passar por dentro das cidadezinhas. Muita curva, casinha, loja com fachada antiga, padaria, vez ou outra alguém vendendo queijo e doce de leite no meio do quebra-molas. O sol esticando o dia inteiro. O barulho do vento embalando um sono danado dentro do carro.

Chegamos fim de tarde, enquanto ela dormia com a cabeça balançando pra todo lado. Meu avô preparou um daqueles lanches de boas-vindas, com direito a arroz doce, pão de milho quentinho, queijo, geleia e suco de manga. Era impossível não engordar na fazenda e, naqueles dias, eu não me importava. Eu agia como a dona da casa, enquanto Gabriela observava cada espaço com os olhos e as mãos. Comemos juntas, silenciando as conversas sem rumo enquanto os adultos tratavam de reviver as saudades. O sabor adocicado de todas as receitas preparadas pelo vô se somava ao riso solto da Gabriela, que parecia nunca ter comido coisa alguma preparada no fogão a lenha e perguntou se eu não ficava com dor de barriga por comer tão rápido. Não é educado reparar a comida dos outros, Gabi.

A gente conversou sobre as montanhas que apareciam na vista da janela, o barulho das galinhas, a noite que gelava as pernas assim que desaparecia o sol e os pratos repetidos para comer mais pães e sobremesa. Era o melhor fim de tarde de mundo. Combinamos de acordar cedo na manhã seguinte para a Gabi conhecer todos os meus lugares preferidos das redondezas. Começaríamos pelo mergulho no ribeirão e encerraríamos o dia no mirante que deixava ver todas as cores do por do sol.

"É tudo muito mais bonito que qualquer cidade do exterior, Gabi, você vai ver." "Como você sabe disso se nunca viajou pra fora?"

A Gabriela me pediu para conhecer os objetos que o vô usava pra gente montar cavalo, queria aprender tudo. Eu abri o quarto de montaria e fiquei de pé na frente da porta. Acendi a luz principal no interruptor externo e apontei de longe. Aqueles são os tapetes, as celas, os arreios, as botas, alguns chapéus.

"Por que a gente não entra? Quero ver de perto, Marília." "Tem muita poeira, sua mãe não ia gostar."

Eu nunca tinha entrado de verdade naquele espaço. O cheiro de lugar fechado, a luz fraca que não mostrava o fim do corredor, os objetos escuros. Eu sempre esperei o vô pegar a montaria do lado de fora, espiando pelo canto da porta. Uma vez, Dona Irene viu meu medo e contou que o quarto era outra coisa muito antes, quando a fazenda ainda não pertencia ao meu avô nem ao pai dele, e que foi espaço de gente escravizada no tempo em que aquela cidade não era tão bonita assim. A Irene conhecia a função de cada pedaço daquela terra e sabia que eu tinha motivo pra ter medo do quarto sim, tem muito sofrimento nele, Marília.

Gabriela viu o medo na falta de resposta e eu engoli em seco antes que ela me dissesse o tamanho da minha covardia.

"Vai ficar olhando aí da porta?"

Entrou no quarto antes que eu pedisse cuidado com as prateleiras, antes que eu pedisse pra não tirar nada do lugar. Fui depois, respirando o ar empoeirado daquele espaço fechado, sem escape, sem janela. Deixei que ela observasse com calma e experimentei a superioridade por, outra vez, saber o nome e a função de tantas coisas que ela não conhecia morando na rua de cima da minha casa. Gabriela passou o dedo pelas paredes sem perguntar nada, até que me pediu para abrir um baú velho encostado na última parede do quarto.

"Não posso. São as coisas do vô."

"Se abrir, eu deixo você me beijar."

"Que vantagem eu tenho nessa história?"

"Eu já sei que você quer."

"O beijo primeiro."

"Tá bom."

Quis matar a curiosidade. A minha e a dela. Encostei as nossas barrigas, bem de pertinho. Fechei os olhos e me arrisquei num movimento de beijo que nunca beijei. Encostei um pouco a língua. Poucos segundos e pensei que despencaria ali mesmo, naquele lugar, o estômago um pulo.

Paramos e Gabriela me encarou com um meio sorriso de quem sabe não dizer nada. Desviou o olhar pra baixo.

Tentei abrir o baú pela lateral, enquanto Gabriela passou com muita calma ao meu lado pelo corredor, bateu a porta com força e apagou a única luz, controlada pelo interruptor do lado de fora. Ouvi o barulho da chave girando duas vezes, mais nada. O quarto um abismo escuro e mofado. Não chorei, não gritei. Tive mais medo do que qualquer outro dia. E tive raiva. Sentei no baú e esperei o tempo passar, enquanto minha barriga digeria o lanche da chegada, fazendo o único barulho possível naquele quarto.

12

Gabriela abriu a porta e não disse nada. O olho pra baixo sem saber me olhar. Do lado de fora, tudo já era noite. Meu avô chamava a gente pra jantar pela janela, a comida tá quentinha na mesa. Nós duas um branco. Nenhuma palavra ao abrir e fechar outra vez a porta, nenhuma palavra ao subir as escadas, nenhuma ao entrar em casa.

A mesa posta deu vontade de comer até que fosse outro dia. Arroz colorido, creme de milho, frango caipira, um molho amarelo e espesso que misturava muito bem em qualquer acompanhamento. Suco de acerola do pé. Banana assada com canela para a sobremesa. Conversei o essencial e, num acordo silencioso, decidimos manter as aparências. Minha mãe preenchia qualquer necessidade de encontrar assunto em um falatório sem fim sobre as recomendações da mãe da Gabriela. O vô se ocupava em apresentar as comidas e preencher cada prato que aparecesse vazio, tudo receita do caderno da vó.

No dia seguinte, iríamos todos juntos até a cidadezinha mais perto, dia de feira de artesanato. São sempre os mesmos produtos, as mesmas bolsas de tecido e as bijuterias de pedras coloridas, os vestidos floridos, as sandálias de fivela, os doces caseiros em tacho ou compotas. Antes do almoço, eu deveria levar Gabriela para conhecer o ribeirão que passa na parte de baixo. Meu canto preferido daquele lugar. E minha mãe anunciou que com todo aquele sol eu não poderia deixar de apresentar o lugar de mergulho para a Gabi. Água gelada e calminha. Uma margem fechada e rodeada por pedras, criando uma espécie de piscina natural. Dá pra ver até peixinho beliscando os dedos e a margem com um tanto de areia que faz tudo ainda melhor por não furar o pé quando a gente caminha descalço.

E hoje, como eu faço para caminhar com tanto incômodo por meus melhores lugares? Levar Gabriela ao rio, acompanhada por um fluxo de tempo e de conversas muito diferente do que eu imaginei.

Mantivemos o quase silêncio no outro dia, as poucas palavras, um esquecimento temporário de que um dia tivéssemos existido entre chaves e portas trancadas. Um retrato diferente do que construí de Gabriela no meu quarto da cidade. A fazenda era o único lugar do mundo simplesmente bom, sem objetivo. O único espaço do que havia me restado de inocência aos dez anos. Não era justo que, em um fim de semana, ela carregasse cada pedaço. O campo, um pedaço de terra, a única experiência possível de entendimento para pessoas desacostumadas a brincar. Adulto também brinca na fazenda e eu revezo o balanço de madeira com o meu avô enquanto espero a corrida desajeitada da minha mãe em busca de ovos. Um punhado de dias possíveis sem relógio. Por algum motivo, o único espaço possível em que a gente se permite essa experiência de despreocupação. Um oásis sem compromisso.

Gabriela, um rompimento, um acelerador da distância que criei entre o meu corpo e aquele espaço possível.

Na manhã seguinte, calçamos as sandalinhas de fivela e arrumamos uma mochila com água, lanche e toalha. Dez minutos de caminhada e a gente já ouvia o barulho da água, mais cinco e mostrei a margem completa. Estendemos a toalha perto da árvore e eu me sentei para criar coragem. Gabriela tirou logo a roupa. Desfilou de biquíni com as perninhas magras em movimento constante para explorar o lugar. Jogou água de longe, molhou os pés, deixou o rio bater na canela. Sentou ao meu lado para esperar. O silêncio uma agonia.

"Você não vem?"

"Depois."

"A gente tá esperando o quê?"

"Quero observar os passarinhos."

Meu corpo pedindo por um mergulho apressado. Uma vontade tamanha. O suor começando a acumular na nuca, no pescoço, na dobra das pernas. Não queria que Gabriela me visse de biquíni, que me descobrisse enorme fora das roupas, que me reparasse as marcas do tamanho. Então esperei. Observei pássaros, contei pedras, inventei nomes de flor.

"Cansei, Marília, vou sozinha."

"Não passa das pedras, é até onde dá pé."

O sol batendo em reflexo pelas nuvens, feito um refletor posicionado exatamente para aquela ocasião. Quase desisto de esconder o corpo.

Posso andar mais devagar e pisar com cuidado, evitar correr, puxar mais para frente a blusa, posso mergulhar até o pescoço, escolher um casaco que não esquente para os dias de sol. Ele continua aqui. Em movimento. Entre dobraduras e um balançar constante. Muito diferente da pele dura e bem delineada de Gabriela. Estática. Sempre no lugar. Meu corpo me escapa. Distorce as linhas, contorce os amarrados, pula alguns centímetros por fora da blusa farta e me reprime quando tento segurar tudo com uma verdadeira falta de ar. Nada dá jeito. Tentar ressaltar os ossinhos do ombro, encolher as dobras, sentar com a coluna sempre reta.

Nada.

O corpo, sem fuga, me permanece.

Enquanto Gabriela aumenta a voz e a repetição para tentar me tirar da paralisia. Ficar sentada é um esconderijo possível, habitável. Fingir frio, preguiça, nojo da terra molhada. Por baixo das roupas tudo pode perturbar.

E Gabriela ainda me chama. Sai da água e encena um mergulho um par de vezes. Corre pela margem, chega a dançar embalada pelas cortininhas do biquíni enquanto eu me desafio a encontrar uma e outra ocupação com os pés ainda na terra. Como eu queria dar um mergulho. Chego a sentir sede correndo na pele. O chão duro incomoda, ainda assim, alivia. Como uma maçã bem dura, invento catar algumas flores e delinear os galhos da árvore. Não há mais o que fazer na beira do rio.

Tudo eu aguento. Menos a abertura descuidada de meus últimos espaços. Nunca mais trago companhia.

E Gabriela me carrega, em mergulhos barulhentos, o último ponto de segurança que guardei em mim. Vai fluindo num ritmo certo, no caminho oposto ao meu, feito correnteza. No rio eu só vinha nadar só ou em companhia de minha mãe, que também ostenta um corpo farto e controla o vício de olhar o crescimento da minha barriga. A margem isolada criava um espaço de conforto muito bem protegido de qualquer olhar.

Até ontem.

Hoje Gabriela ainda me chama. "Anda logo!"

Queria saber se Gabriela se movia assim, tão feliz, com aquele corpinho quase sem tamanho, ou se tentava me demonstrar uma felicidade tão grande por correr sem movimentar a pele, que eu acreditava natural e possível ser assim. Gabriela me despertava aquele desejo de companhia farta, de continuarmos juntas sentadas na areia ou estiradas no rio e, na mesma intensidade, me fazia vontade de que meu próprio corpo fosse assim. E se eu perco de novo o que era pra ser a minha grande chance?

Levantei e tirei o *short*. Tentei andar o mais devagar possível, sem movimentar muito as pernas para não mostrar seu balanço. A linha do biquíni enrolando pelos lados, devia ter escolhido o maiô. Um pé depois do outro, como se o chão estivesse cheio de pedrinhas. Mergulhei de uma vez para diminuir o tempo de exposição, a água gelada um susto até a garganta. Fiquei agachada, o lago me cobrindo até o peito.

"O que é isso?"

"Estria."

"Tipo cicatriz?"

"Tipo pele que esticou demais."

"No braço?"

"Em qualquer lugar."

"Que esquisito."

"Você só não tem porque não é tão branca e aí elas não aparecem."

"Duvido."

"Pode duvidar."

Gabriela passou os dedos fazendo o contorno das estrias maiores, uma a uma, feito livro de colorir com a mão.

"Mas seguindo assim também parecem ondas, olha."

"É feio?"

"Não, é bonito. Como se você fosse feita de água."

Gabriela passou o dedo pelas escritas do meu braço, percorrendo o caminho como um guia de direção, fazendo pequenas ondulações até a parte de cima, de onde uma pontinha desenhada saía pela borda de cima do biquíni. Gabriela seguiu com o dedo magro e afastou o tecido molhado, percorrendo o desenho da linha que passava pelo meu peito. Deu um salto suave com a mão e fez o mesmo no lado seguinte. Quando terminou, meu peito ainda pequeno ficou duro por trás do sutiã.

Invento outro assunto para desviar. Brincamos de mergulhar por debaixo das pernas uma da outra, levantei Gabriela nos ombros e ensinei o corpo dela a boiar. Tentei nos manter dentro d'água pelo maior tempo possível, impulsionada pela mesma ansiedade que tive do lado de fora, a de não querer que meu corpo transitasse assim, tão exposto.

Finalmente saio da água. Disfarço para não me envergonhar outra vez pelo balanço descontrolado das pernas. Tudo já foi visto. Sentamos no sol. Eu, enrolada na toalha.

Lembro da brincadeira de poção que fazia com a Clara e resolvo compartilhar. Gabriela adora a ideia. Quer achar folhas amarelas pra criar uma lembrança nova e folhas vermelhas pra que tudo fique mais forte e também um pouco de folha verde-escuro pra esquecer o medo d'água e quem sabe até do quarto escuro que me obrigou a enfrentar. Explico que são muitas memórias juntas e o ideal seria fazer uma poção de cada vez. Temos tempo. Primeiro as verdes, dessas se acham aos montes. Improvisamos a garrafa de água no lugar de cumbuca. Gabriela empresta a sua, que tem a boca maior. Separa com cuidado as folhas melhores, as mãozinhas esticando cada pedaço. Explico que é preciso deixar a água ficar verde enquanto descansa e amorna no sol. Sentamos nas pedras quentes com a garrafa pelo meio das quatro pernas cruzadas. Gabriela segura minha mão enquanto sustenta a espera. Quer esquecer do medo que sentiu no quarto da fazenda e pergunto irritada que medo, já que Gabriela nunca esteve lá de portas fechadas.

"Não do escuro. Do beijo."

Deixo a poção ficar morna e despejo nos pés. Primeiro nos meus, depois nos dela. Aperto os dedos nas mãos fininhas que me seguram com mais força e solto quando a água termina de escorregar. Saímos descalças pra procurar folhas amarelas. Achamos o suficiente e, enquanto a nova poção amorna na garrafa, explico que é preciso inventar agora as memórias de um bom dia e sei que não poderíamos estar em um lugar melhor. O barulhinho da água caindo na cascata pequena. O sol quente batendo na pele misturado à umidade pingado por trás da orelha. A seca no nariz lembrando o período sem chuva e o céu mais azul que a gente poderia desejar. As flores com fios finos e abertos que crescem por perto e o mato verde aberto que domina o lado de cá. Gabriela me encoraja a ficar de biquíni pra sentir o sol mais de perto e diz que queria muito ter assim umas pernas mais grossas como as minhas. E queria também assim uma canela que não fosse tão seca e uns braços firmes que ninguém pudesse dizer que iriam quebrar. Gabriela me convence a um mergulho rápido outra vez na água gelada e pulamos sem pensar. A água fria sempre fria tão fria do rio perto da cachoeira dá um susto danado no corpo e rimos nadando pra alcançar outra vez a margem.

Deixamos o corpo descansar deitado na pedra quente. As costas sentindo a água escorrer morninha no contato com o chão, o sol esquentando rápido a parte da frente, as barrigas subindo e descendo junto do riso e os pés de Gabriela chegando mais para o lado pra encostar nos meus. Assim, deitada, tudo parece carregar um ritmo tão bom e constante como se o barulho da água caindo alcançasse a mesma batida que a gente carrega no peito e as folhas secas fazendo barulho enquanto balançam lá atrás na árvore grande vão dando o acompanhamento da música difícil de elaborar com o olho aberto. A água do corpo evapora fácil e sinto Gabriela virar o corpo pra me olhar mais de perto e, tão logo consigo me desprender daquela música que faz mexer o olho fechado, eu também me viro pra observar. Os cabelos todos já meio embaraçados e misturados entre mechas molhadas e franjas secas. Gabriela me dá um beijo fechado e levanta.

"Acho que a gente já pode despejar a outra poção."

Eu me viro de costas e fecho outra vez os olhos, o corpo no mesmo lugar. Gabriela joga a água morna e amarelada por cima dos meus pés, enquanto eu sinto algumas folhinhas murchas, que Gabriela contorna passando as mãos. O dia se prende na memória.

Prometo a mim mesma nunca mais nadar ou usar biquíni na frente de ninguém, na piscina ou no rio, e me espicho de vez da infância.

13

Mordo a boca seca pra ganhar saliva e me nego o vício. Consegui os primeiros comprimidos novos no silêncio dos bairros de fundo de Baixo Paraíso. Desci aquele pedaço sujo do morro alto durante a hora combinada. Um poste perdido nos últimos degraus de baixo formando uma luz laranja e disforme no restante da escada que fazia o pé se perder no chão. Cada escorregadela em um pedaço de cimento quebrado fazia o corpo se sentir mais em casa reconhecendo as calçadas tortas e esburacadas que ocupam o interior de Goiás. Meu pescoço suava o medo da travessia. E se alguém levasse a minha mochila ou, pior, se um homem passasse correndo para roubar a receita da minha mão?

Senti que minha vida mudava quando segurei pela terceira vez, agora sem furtar gavetas, a caixa rodeada pela tarja preta. A promessa de um corpo que coubesse, enfim, em todos os espaços. Aos quinze anos, caber em tudo era a única alternativa possível. Aprendi que a gente come muito quando quer escapar do mundo engolindo o mundo todo pra dentro da gente. Eu sempre gostei de me empanturrar. Subi sorrindo pra mim mesma, a caixinha um troféu caro balançando nos dedos sem qualquer preocupação. Vendi uma coleção de livros, uma bota e uma lanterna de cabeça pra pagar a receita e a caixa nova.

Eu gosto de resgatar a companhia da loucura. Sanidade demais me faz perder o ritmo das mãos.

eu procuro o rio. Todo pedaço de água é como esse rio que vai passando por dentro. Um punhado de pedra pontuda pra espantar quem sabe ficar só pelas beiras. Eu gosto de jogar o corpo de uma vez no fundo, molho antes a curva das costas no pescoço, um pedaço de cabeça madura. Ninguém olhando de longe. Um pedaço de água no silêncio das coisas que se esquecem de fazer barulho perto da cachoeira, quando tudo deixa de ser importante. Seja queda grande como no topo da serra ou um filete de água fria descendo um espaço de terra assim aberta. A gente sentada no galho de cima balançando os pés. O corpo calculando quanto se morre no medo da queda e quanto se nasce no acordo de saber que o corpo cai e a gente fica. Já viu um pedaço de mundo assim? Puro lodo pra quem guarda um receio danado do primeiro escorregão. Eu vou na frente antes que alguém me perceba no movimento d'água. O remédio o corpo o rio. Tudo um mergulho sem volta por Gabriela.

Eu tenho um sonho constante em que caminho sozinha naquelas pedras nas quais a gente sentava por perto do rio e finjo que vou me jogar só pra chamar a sua atenção. A água é muito gelada mais gelada que antes gelada feito aquele pedaço no fundo do poço e sinto o frio subindo pelas pernas antes mesmo de entrar. Os pés gelados a coxa a barriga a bunda os ossos tudo tão gelado que eu te chamo num medo danado de cair e agora

Você

Não acredita.

Então meu corpo-gelo entregue à sorte. Um peso tão grande vai caindo desajeitado feito uma pedra sobre outra pedra e o impacto é ainda maior do que você poderia prever. E seus pés tremem deslocando o eixo da matéria orgânica, fazendo ondinhas enquanto a água balança com o impacto do meu corpo que desaba sem jeito sem rumo sem nenhum planejamento. Te dou a mão, Gabriela, sinto os dedos quentinhos na ponta da palma no topo da unha até o cotovelo e o tempo para. Aquele gosto de manga subindo na boca toda vez. Tudo freia e meu corpo é outra vez uma substância amolecida. Solto seus dedos a água agora quentinha e eu corpo vazio me permito levar um tanto só.

Eu gostava de resgatar a companhia da loucura. Coloquei o primeiro comprimido na boca e o corpo nunca mais soube me contentar. A falta de apetite me rasgava uma fome de tudo, sempre vazia. O estômago um buraco sem vontade própria. Gabriela acompanhou o sorriso farto da primeira semana.

"Fiquei morrendo de medo de não dar certo, Mari."

"Deu certo até demais, não consigo comer uma banana sem deixar pela metade."

Uma dose por dia, todo dia, antes do almoço. E os quilos voando. A balança se dependurando com os ponteiros cada vez mais embaixo. O corpo se adapta fácil aos quinze anos, ainda assim, eu continuava a querer diminuir de tamanho nos anos seguintes. Gabriela achou os comprimidos na última gaveta do guarda-roupas da mãe dela, procurando algum colar mais elegante do que as bijuterias de plástico que a gente costumava ostentar. Três caixinhas. A tarja preta chamou atenção. Uma pesquisa rápida e caiu nos blogs do submundo alimentar, entendendo como a barriguinha insistente da mãe estava indo embora depois de alguns anos de tentativas fracassadas. Eu também acumulava dietas, revoluções e promessas. Então Gabriela decidiu me contar do achado, quem sabe poderia ajudar de alguma forma. Levou uma caixinha inteira. No começo, depois de me mostrar, queria devolver para a mesma gaveta. Ela ainda sem coragem. Eu experimentando no mesmo dia. Gabriela dormia outra vez lá em casa e eu me revirei a noite toda. Uma falta de coragem de tirar a roupa e mostrar onde o corpo perde a conexão com o mundo de fora e se encontra com as próprias vontades. Um balanço sem fim. A gente brincava de experimentar qualquer coisa e eu sempre levei a sério demais. Mas não disse.

Até que me contou dos comprimidos. Insisti muito pra que me arrumasse alguns.

"Não posso."

"Por favor."

"Tenho medo de te entregar, ouvi que vicia."

"Eu te deixo me ver sem roupa."

E ganhei uma caixa inteira.

Continuei, vez ou outra, a dar as mesmas aulas particulares desde a quarta série. Chegamos aos últimos anos de escola e não quisemos parar. E Gabriela se transformava entre as paredes do meu quarto. Sempre era melhor quando estávamos sozinhas, tudo fluía mais fácil. Às vezes a gente combinava de estudar na casa dela pra variar o cenário, mas, mesmo pequena e abafada, mesmo que a decoração se resumisse a um punhado de enfeites e toalhinhas, sempre preferimos a minha. O padrasto achava que só ele podia fazer barulho em casa, ligando o liquidificador para bater *shakes* de cores inexistentes a cada três horas, enquanto a mãe escapava da sorveteria a cada bloco de duas horas para verificar como tudo se encaminhava por lá. Conversava alto. Ligava esteira, batia corda, escutava música, reclamava da falta de inspiração sem parar, pedia para que todos conversassem mais baixo. E a faxineira esfregava janelas, o aspirador gritava pelo assoalho, um cachorro latia do lado de fora, o jornal falava na televisão da sala, sempre sozinho e constante. O padrasto passava em intervalos curtos pelo andar de baixo pra pedir um fim à barulheira e comentava algo sem sentido enquanto discordava de algum ponto perdido da reportagem. "Viu só? Aquele canalha está tentando voltar como se nada tivesse acontecido." Enquanto resmungava, o padrasto escrevia poemas sem métrica rima paixão ou sentido sobre a necessidade de se reinventar. Publicava versos em uma coluna velha e esquecida no pé da página do único jornal sobrevivente na cidade e recortava cada pedacinho de página envelhecida para colar em um álbum decadente.

Depois de estudar, Gabriela me chamava para ir até a cachoeira do Macaco, que ficava meia horinha a pé saindo da casa. Eu amava nadar, mas sempre dizia não.

"Você adorava ir quando a gente era pequena, Marília, não sei por que reclama tanto agora."

"Hoje morro de preguiça. E vai que tem cobra."

A verdade é que nunca mais tive coragem pra comprar biquíni.

Minha casa se resumia aos passos abafados meus e de minha mãe, que ainda pegava algumas turmas alternadas na escola, e em casa se embrenhava na cozinha para fazer os pratos anotados no caderninho antigo que era da vó. Poucas vezes usava batedeira. E o filtro do Gato, que ganhou mesmo o nome de Gato, o único ruído sempre presente. A água descia pelo caninho curto e despencava na pequena bacia de alumínio, deixando o corredor com um som ambiente de pequena cachoeira. O Gato bebia água e, antes de dar mais uma volta pelo outro lado do muro, me olhava como quem agradece pelo barulho ausente. No quarto a gente estudava, comia ou ria lembrando de algo ridículo feito pelo novo namorado de Gabriela, que ostentava aquele menino lerdo e forte por vaidade. Quando comíamos juntas, eu sempre mastigava devagarzinho e tentava não repetir mais um pedaço. Mas, se ela repetia, eu também me permitia outro pedaço.

E Gabriela abocanhava o bolo com vontade, lambendo a cobertura na pontinha dos dedos a cada mordida. Gabriela cresceu coxas e peitos e cabelos e braços numa medida tão certa. E vestia os shortinhos apertados que eu sempre sonhei usar. Quando ela ia embora, eu jogava o bolo fora e, sem me olhar por muito tempo, minha mãe aparecia na cozinha: "Já acabou? Eu experimentei só uma beirinha." A gente come muito para escapar do mundo, empanturrando o mundo de dentro com o que a gente tem vontade.

Minha mãe não gostava que perguntassem de outro marido ou namorado. "Deus me livre procurar sarna pra me coçar." E aproveitava ainda mais que eu o silêncio morno da casa. O abrigo perfeito. Ela se debruçava na janela da sala com os cotovelos apoiados no parapeito e o queixo apoiado na mão, feito a namoradeira, mas sem nunca namorar. Eu gostava da ideia de também poder me levar sozinha e, sem dizer, criamos o pacto de nunca perguntar sobre companhia uma à outra. A última vez que vi meu pai foi espiando pelo olho mágico do apartamento antigo. Escutei o barulho dele chegando no corredor. Espiei pela porta. As sacolas plásticas cheias de potes de comida. Era tarde da noite outra vez. O rosto vermelho inchado, os olhos pequenos e o balanço desajeitado do corpo que cheirava a bebida. Eu imaginava o cheiro, já conhecido, enquanto espiava da porta. Uma sacola rasgou por baixo e o pote caiu aberto, espalhando uma pasta branca pela entrada. O pai foi recolher a comida perdida e escorregou no chão branco e gosmento. Um baita barulho e aquele homem inchado estendido no chão. Vizinho nenhum interferia no tombo do outro. Todas as portas continuaram fechadas. Meu coração gelado e os olhos de medo espiando mais alguns segundos pelo vidrinho redondo na porta.

"Mãe, o pai caiu."

Minha mãe olhou pelo buraquinho do olho-mágico por um tempo. Os pés esticadinhos, feito os meus.

"Deixa ele lá."

E ela levou o próprio corpo, cansado e endurecido, pra dentro. As olheiras escuras de quem já não aguentava mais esperar pelo fim da noite. Espiei quieta até que ele se remexesse um pouco, o corpo largado, um grunhido abafado pelo esforço de levantar. Baita medo de fazer qualquer coisa. Chutou um pote, gritou com a comida e recolheu o que podia, as pernas moles equilibrando num sentido diferente. Meu pai chamou o elevador, abriu a porta marrom cheia de lascas e foi embora de uma vez. Eu e minha mãe limpamos o chão do corredor na manhã seguinte, tudo sujo de maionese.

14

Depois dos primeiros sete dias de comprimido, meu sono ficou confuso. Gabriela perguntava como estavam as coisas, se a fome andava menor e eu dizia que sim, e era a maior felicidade dos últimos tempos me sentir tão indisposta em frente ao prato. Eu demorava a dormir. O corpo exausto e os olhos arregalados ardiam até o meio da madrugada. Comecei a ter medo do quarto escuro feito na infância, quando acreditava que as bonecas revoltadas pela servidão obrigatória levantariam no meio da noite para se vingar. Cada cápsula parecia levar embora um bocado de saliva e a boca começou a secar. A língua grudava entre o palato e os dentes. O peito batia mais forte e as unhas arranhavam sem comando o colchão, o travesseiro e meu próprio peito para se aquietar. Revirava de um lado a outro. Escondia a cabeça no lençol para não ver o escuro e rezava baixinho que iria na missa no domingo seguinte se Deus fizesse o sono chegar. Lembrava do Cristo baixinho de Bom Jesus do Galho e fazia a promessa diretamente a ele. Quem sabe se, por ser pouco conhecido, aquele Cristo tivesse boa vontade em ajudar.

Durmo depois de algumas horas. Eu e um grupo de pessoas viajamos para algum lugar. Uma casa grande, luz baixa. Arrumo a cama do quarto várias vezes seguidas, mas ela sempre volta a se desarrumar. Arrumo muito, uma e outra vez, frenética. Puxo o lençol de um lado e ele solta do outro, puxo do outro e ele solta do um. Finalmente consigo arrumar direitinho e uma antiga colega de escola chega, se joga na cama e bagunça tudo. É a Clara. O mesmo rosto de quando era menina, meio esquisito num corpo de gente grande. Saio pela casa em busca de alguma coisa.

Descubro que a casa é uma espécie de retiro espírita. Eu e o grupo de pessoas fomos enviados para lá. Um a um, cada pessoa deve entrar em um quarto para conversar com a entidade. Ando pela casa em busca de alguém. Abro um cômodo, uma porta, e lá dentro apenas um sofá velho, pouca luz, uma televisão ligada. Dois homens estão em silêncio assistindo à TV, vidrados. Fecho a porta e sigo para outro lugar. Uma varanda. No canto dela, um homem assistindo a uma outra TV. Vidrado. Ele me olha muito sério, não diz nada. Quase não se mexe, o pescoço duro. A única luz é a da televisão. A TV desliga sozinha e minha cabeça acorda. Meu corpo não. Tento mexer as pernas, os braços, quero levantar, empurrar o corpo, sair da cama, dar um grito. Nada. Escuto a voz da minha mãe lá no fundo, não entendo o que diz, a vizinha também está lá. Faço força, força, muita força para empurrar o corpo e ele não levanta.

Olho pra baixo e me vejo deitada, apenas o corpo. O peito acelera, um peso por cima, parece que vai explodir, vou ter um ataque cardíaco ali mesmo, ou eu já tive e morri? Estou deitada outra vez. Concentro toda a energia que consigo reunir em um único ponto, mexer o dedo indicador. O corpo duro e eu quero saltar pra fora. O olho fechado e o velho me espiando por cima da cama, um pedaço duro feito um tronco com cara de gente. O velho me encara, não pisca, flutua. Preciso me mexer, deixar de encarar o velho. Tento, tento até que consigo e um clarão. O corpo todo volta no mesmo segundo como se despencasse num desfiladeiro com a sutileza de um castelo de cartas.

O coração ainda acelerado. A respiração funda. Fico deitada mais um tanto, rejeitando ao corpo a possibilidade de dormir outra vez. A cama molhada, vazei por meus buracos depois de adulta. Será que eu vi a Pisadeira?

Duas semanas de comprimidos. Sentei ali no chão do quarto pela primeira vez para comer escondido. Larguei o corpo na parede de sempre a única que sabia me acolher e segurar a coluna mais firme quando eu precisasse desmoronar. O papel de parede velho despedaçando pelos lados o pedaço de mofo nos cantos as marcas de rabisco e água respingada pelos meios. Eu joguei a água eu também rabisquei. E aquele pote de cocada cremosa o último refúgio antes que eu me levasse a outro lugar o corpo ainda ali. Imóvel.

O chão frio grudando pedacinhos de madeira solta pela perna enquanto eu devorava cada colherada como se eu meu peito meu corpo nunca pudéssemos nos bastar. Sempre uma fome batendo por dentro, vontade de alguma coisa nova. Por que é que a gente tem fome de tanto? O peito seco a barriga vazia a boca farta. A verdade é que não me lembro de nada como poderia me lembrar de tanto. E o quarto do canto o último do corredor o único espaço possível para escapar do mundo.

O carpete velho a janela vazia. A parede que me acompanhava para mastigar o pão remexer o caldo lamber os dedos esconder os pratos.

E hoje me suporta o peso quando me encosto para uma dose extra de comprimido meio branco meio azulado. Receitas retidas na farmácia. O carimbo duro o olhar sempre desconfiado de quem entrega a caixa metade preta ao corpo solto do outro lado desprotegido pelo balcão.

Gabriela trouxe de manhã mais uma caixinha. Já sabe o dia e a hora certa para abrir a segunda gaveta na penteadeira ao lado da cama da mãe e encontrar uma receita nova. Toda última quarta-feira do mês. A mãe emagrece a passos lentos e as receitas não param de chegar. Gabriela aprendeu o caminho para tirar as cópias exatas a assinatura xerocada com a mesma cor e textura da caneta escrita na original. As cópias ficam na gaveta da mãe, que desperta menos suspeita no balcão regular da mesma farmácia. As originais ficam com Gabriela, que faz um rodízio entre as farmácias de rede e aquelas mais desconhecidas da região.

Combinamos que mais da metade da caixa sempre seria minha, que preciso mais. Enquanto Gabriela intercalava os dias e se arriscava a esvaziar 1/3 das cartelas rodeadas pela tarja preta apenas pela aventura de experimentar.

"É só pra eliminar a barriga, mês que vem eu deixo tudo pra você."

E engoli três vezes quando tive a caixa cheia pra entender até onde chegava a sanidade e até onde é possível enganar o estômago com cápsulas tão pequenas. Já engoliu algum comprimido que promete matar a fome? Desde o início, ainda nas primeiras doses, me cansei de devorar. O apetite apático feito meu olho quando o desejo some de qualquer esfera. Já inibiu seu traço mais forte? Já tirou do corpo sua maior vontade? Na primeira semana, tudo é desentendimento. O que o corpo sabe fazer vazio, mas ainda sem fome? Cinco quilos a menos no primeiro mês. E Gabriela me dizendo que assim dava cada vez mais vontade de me experimentar.

"Vou até arranjar mais."

E depois de engolir a terceira cápsula num intervalo de três minutos, o corpo perdeu o centro o eixo o nexo o passo. O peito um pulso frenético me pedindo pra lembrar a hora certa de parar. Uma vontade de puxar a roupa arranhar os pelos morder os dentes. Já viu um pernilongo quando pousa na perna e se enche de sangue? Você bate e ele volta ao mesmo lugar você bate e ele volta bate e ele volta. Até que morre ou perde um pedaço pelo caminho.

É assim o tamanho da fome escondida pelo terceiro comprimido.

Você perde o desejo de engolir o sangue mas continua visitando a mesma perna enquanto uma palma gigante te bate e o corpo se despedaça até que não aguente mais se empurrar ao mesmo lugar.

Eu mastiguei um pedaço do papel de parede com mofo rasguei devagar puxando pelo canto. Salivei mais fundo pra tirar a ânsia do absurdo que circulava por dentro e sentir o gosto de fim passeando temperado pela boca.

Ainda faltam dois meses para acabar a caixa.

15

Perco dez quilos no total. Gabriela me encontra em casa para acelerar o preparo das provas de fim de ano. Elogia minha barriga e até meu rosto. Descobrimos que quem fornecia as receitas para a mãe da Gabi era o próprio marido que, além de se achar poeta, trabalhava como endocrinologista numa clínica famosa da cidade. Entendi ali onde seria possível conseguir mais receitas.

"Olha, até sua cara ficou mais fina."

"Você não tem ideia, Gabi, teve dia que fiquei sem almoço."

"E você sente algo ruim?"

"Nada. E enfim, comprei um violão, senta que eu te ensino umas notas."

As mãos largas e os dedinhos curtos não sabem alcançar muito bem qualquer acorde. Qualquer junção mais elaborada de notas me entorta os músculos até começar a dar cãibra. Não adianta, é preciso ter os dedos mais compridos.

Aprendo os acordes básicos, o tempo das notas e duas músicas havaianas de três acordes, enquanto me esforço para tentar tirar alguma melodia viciante dos Novos Baianos. Abre a porta e a janela, e vem ver o sol nascer, baita lema para embalar os dias na penumbra entardecida do apartamento. Ai, ai, saudade, então venha me matar, enquanto escancaro as cortinas para aproveitar cada pedaço de céu que me escapa para dentro do quarto. Achei o disco perdido no gaveteiro da sala, misturado entre Gil, Caetano e uma porção de histórias clássicas infantis em versões narradas. Puxando pela memória, me lembro de uma porção delas. A Chapeuzinho Vermelho gritando de medo do lobo logo depois de cantarolar suas musiquinhas pela estrada afora, tudo muito bem embalado pelo chuviscado do áudio grave do toca-discos que eu nunca mais vi em lugar nenhum da casa. Deve ter sido despachado entre as velharias de alguma arrumação de fim de ano. A gente sempre se reunia em dezembro para juntar tudo que estivesse perdido, empoeirado ou escondido entre os cantos. Um ritual para abrir espaço ao que precisasse vir no ano seguinte. Recolhíamos sacos enormes de lixo e caixas de papelão. Nunca entendi como a gente podia acumular tanta coisa. A casa se enchendo de coisas velhas, como um corpo que ainda não aprendeu a se desapegar do próprio excesso. O ritual continuava, sem que a pilha de objetos e memórias e afetos sem utilidade deixasse de se acumular.

Achei o disco assim, no meio de uma arrumação. *Acabou chorare*. Capa mais linda e cheia de mistura de gente e de cor, camisa da seleção, tudo meio desfigurado, de pé ou deitado, um ou outro bebê no colo, as folhas fazendo moldura, tudo convergindo ao centro, um retrato meio hipnótico. Fui pesquisar e passei uns vinte dias ouvindo o som repetidas vezes no computador. Ainda assim, não me saiu um só acorde bem afinado no violão. E ali, uma frestinha de sol batendo na cama, respirei fundo, foi-se tudo pra escanteio. Melhor espaço construído naquele tempo, mas a verdade é que os dias têm o costume de andar mais depressa que os planos da gente. Fui preenchendo o vazio da casa com um som assim, meio no ritmo de um pandeirinho. Ainda bem que aprendi.

Toquei pra ela o que me lembrei da música e a gente foi olhar o fim do dia lá na calçada. Que o por do sol lá de longe era a coisa mais emocionante que a gente poderia ver em Baixo Paraíso. A bicicleta de som passou bem em frente tocando uma música brega, inventando uma rota nova porque ela não costumava passar ali, naquela rua. Ninguém sabia direito o nome do homem que conduzia o pedal de chapéu e bota gasta, mas eu penso que ele sempre teve nome de Antenor. A música fazia sucesso na cidade, que o amor é um ponto cafona em todo lugar. E cada um que ouvisse de perto se doía em algum verso alargado em pouca rima e uma letra que parecia sempre falar do amor da gente. Seu Antenor passou devagarzinho. Sem saber que aquele ali era o meu.

16

Excesso de saliva é sinal de fome ânsia de vômito ácido em alta proporção. A boca nunca mais foi a mesma. O comprimido leva embora a fome e a lubrificação. Uma boca seca seca seca a língua grudando no palato mole não importa a fome que dá. A boca seca pra digerir farinha massa farelo tudo agora vai sendo empurrado com um tanto de água extra. O corpo perde o rumo nas interferências perde o embalo perde a capacidade de cuidar das próprias automações e algo do corpo deveria também ser automático mudo silencioso. Não esse bolo de comida na boca que tento empurrar com água. Esse punhado de glândula que vai se espalhando da orelha até a garganta e nenhuma delas é capaz de me lubrificar. A fonte secou quem sabe. Secou no movimento de dobrar os joelhos, curvar as costas abrir a boca forçar o estômago cutucar o caminho. Vai descer.

Não cuspo.

Não cuspo porque não consigo. E a ideia não era ter esse espaço interno lubrificado limpo escorregadio? Tudo secou. Cada buraco cada pedaço esquecido de cavidade interna. A gente sabe perturbar o corpo quando quer. E o restinho que me sobra dela a saliva esse punhado de rastro pastoso que me passa pela boca vai formando o último pedaço de bolo pra escorregar tudo pela garganta. A saliva é feita pra isso escorregar tudo pra baixo.

O caminho de volta é menos fácil. O bolo pastoso e já digerido percorrendo o caminho de volta por onde líquido nenhum é capaz de segurar. O líquido ajuda. Mas não anote isso, não aprenda. Falta de saliva é sinal de medo envelhecimento ansiedade.

Qual dos três?

O reforço de base, a baba enviada envolta em cálcio tenta evitar a corrosão dos dentes, mas nada adianta. O ácido da digestão iniciada é mais forte mais fluxo maior. E as estruturas se tornam sim, porosas e frágeis, enfraquecidas pela acidez que o corpo não soube eliminar. No fim, o que a saliva pode fazer pela sua boca? Nada. Vê? Outro dentinho manchado. Não há glândula parótida, submandibular ou sublingual para interromper o fluxo de um corpo em busca de uma subexperiência.

O vômito sobrava um pouco pelo nariz e eu assoava fora aquele pedaço de coisa azeda. Na garganta, é preciso empurrar com água e engolir outra vez o que sobra. Uma ânsia quando percebe o gosto da comida que te ocupa por dentro.

"Tem baba na sua blusa."

Eu nunca babo quando durmo eu nunca salivo se algo é gostoso eu nunca babo muito no beijo a língua não molha porque agora a boca é terra ressecada. Ela sabe. Esse pedaço de blusa molhada sempre me entrega. A saliva aparece na hora de trazer o almoço o jantar o café o impulso de vida até o lado de fora. O líquido pastoso, esse que nunca me chega em outra ocasião, escorre sem mistério enquanto a boca aberta recebe a mão fechada para reprocessar o tempo. Sim, é uma busca pelo tempo, um retrocesso. Uma vontade de ser Deus ao menos na própria pele. Desfazer o que foi feito mesmo que isso custe uma blusa babada. Sai um pouco ainda de todo o fluxo pelo nariz. O fim é a pior parte.

A Gabriela sempre sabe. E me pede pausa.

"É esse fedor saindo da sua boca." Não posso escovar, você sabe, tudo é um tanto corrosivo agora.

"Eu volto quando estiver limpa."

Engulo o que sobrou, aciono a descarga.

17

Gabriela volta da viagem de férias e decidimos nos encontrar para comemorar o início do último ano de escola. Sentamos num boteco qualquer pra fazer uma coisa normal depois de um ano tão esquisito. Aproveitar a noite pra pedir duas ou mais cervejas e a cerveja tão gelada fazendo aquela cor fosca no copo, mas, sempre um medo. Do que é que a gente tem tanto medo assim? Uma vez dei um beijo rápido nela, nos arredores da antiga escola, de onde todo mundo podia ver. Aquele beijo de estalo, boca fechada. Gabriela sempre um susto tão grande, sempre um assim não pode. E uma risada abafada de nervoso logo depois, o braço estendido na parede como quem tenta segurar o corpo pra não derrubar o medo no chão, do que é que a gente tem tanto medo, Gabriela, e quem vai nos vigiar a boca se a gente for pra um lugar longe daqui? Vamos lamber as bocas na rua sem nem olhar quem passa por perto. Vamos enroscar as pernas e levantar vestidos como se não existisse ninguém mais em qualquer calçada, Gabriela, a gente vai tirar a roupa e esticar uma rede no meio da rua pra esquecer do mundo. Quem sabe um dia a gente pode caminhar de verdade sem manter os olhos tão fixos em quem parece saber de alguma coisa.

Digo para Gabriela que decidi nunca tomar mais os comprimidos, me fazem muito mal. Não quis contar como arranjei uma receita nova. Mas quero que ela me ache outra vez normal, outra vez alguém possível de companhia. Tento me aproximar, criar um espaço de intimidade que parece se perder pela mesa. Por cima Gabriela se afasta, encosta o corpo largado na cadeira enquanto toma um tanto mais de cerveja. Por baixo da mesa os pés estão cruzados com os meus. Gabriela voltou diferente das viagens de férias com a mãe. Não só bronzeada, mas algo a fazia parecer mais madura e segura do que eu, largada nos trabalhos de verão em Baixo Paraíso.

Aceitei um emprego de meio período na sorveteria da mãe dela pra tentar juntar algum dinheiro. Minha mãe também parecia mal-humorada durante aquele tempo de verão, como se as viagens também afetassem algo de seu próprio cotidiano naquele mormaço poeirento. A cidade ficava cheia de turistas no verão e, ainda assim, apesar do barulho de trilheiros em busca de aventura e cachoeira, o pai de Gabriela decidiu não viajar com a família, aproveitando o período de casa vazia para escrever algo novo. Sempre uma busca desenganada por silêncio. Eu queria uma viagem de férias.

Antes de iniciar o trabalho na sorveteria, almoçava no quiosque por perto, Paraíso do Milho, caminhava pela calçada esburacada no sol da tarde e pegava o segundo turno na Paraíso dos Doces. Inferno de cidade cheia de gente em dezembro. No meio do caminho, um posto de gasolina abandonado pra deixar tudo mais decadente. Os vidros quebrados, um resto de pedras e poeira no chão, o letreiro ainda mostrando o nome. O Bom da Rota. Nada de Paraíso, por isso faliu. Só o que se disfarça de divino ganha força nesse meio de mundo.

Eu trabalhava sozinha na sorveteria no turno da tarde. Devia vender uma bola de sorvete a cada três minutos no fim do dia, quando era o tempo de volta das cachoeiras. No início da tarde, o movimento era mais lento e comecei a fazer colagens. Recortava revistas que pegava escondido na biblioteca da faculdade e montava alguma cena esquisita misturando flores, alto-falantes, discos antigos e mulheres nuas. A barriga crescia um pouco e o braço aumentava acompanhado pelas pernas com tanto sorvete grátis. A mãe da Gabriela, sempre um sorriso, antes de viajar me fez garantir que eu tomaria sempre que tivesse vontade, não se envergonhe nem faça mesuras. Pois bem, mergulhei em cada sabor de massa gelada. E ainda levava os potes perto do vencimento para casa. Só fartura. Minha mãe adorava e pedia para ficar de olho no vencimento dos potes de mamão papaia, flocos e pistache, principalmente pistache. "Qualquer coisa pega um pouquinho mais cedo, ninguém nota." Não conseguia mais usar as roupas apertadas que comprei depois de emagrecer. Revezei as mesmas três combinações de roupa por seis meses entre a casa e a sorveteria. Um vestido soltinho com mangas curtas, um vestido ainda mais solto de alça, acompanhado por um casaquinho fizesse sol, chuva, frio ou calor, e uma camiseta branca por cima da calça preta. Era tudo o que ainda servia e eu me recusava a comprar roupas novas. "Só quando perder peso." E nunca perdia. "Se eu perder três nessa semana, me dou um vestido de presente." Nada. "Se eu perder cinco nesse mês, compro outra blusa". Nunca. Lavava pouco para não gastar muito. Fingia não me importar. "Tô economizando pra outra coisa, mãe." E os dias passavam sem tanto acontecimento.

Até que o Walter, o padrasto da Gabi, apareceu na loja. A barba misturada entre preta e branca com uma divisão milimétrica bem ao meio, como o cabelo da Cruela de *101 dálmatas.*

"Você não era a amiguinha da Gabriela? Como cresceu, tá forte. Tem tempo que não te vejo lá em casa."

Fingi não perceber a ironia. Walter pediu para provar os sabores. Experimentava um por um, inventava comentários vazios e me devolvia a colherinha. "É o melhor da região, não é?". O terno marrom pendurado no braço ficava ainda mais ridículo no calorão. Pediu uma bola de pistache, combinou com uma colher verde e sentou muito à vontade em uma mesinha do lado de fora. Demorou menos no sorvete do que nos rabiscos que fazia em um caderno velho. Vez ou outra arrancava uma folha, amassava e jogava fora. Um ritual para mostrar que experimenta o doce e as palavras. Antes de sair, deixou um número de telefone anotado em um guardanapo no balcão.

"Me avisa se quiser fazer algo diferente."

Bela porcaria. Achei o padrasto tão vazio e ainda mais chato do que achava na infância. Mas sabia que ele podia me arrumar uma receita nova. E que uma caixa agora ajudaria a conter os quilos que começavam a chegar com a festa de sorvete grátis no verão. Decido enviar uma mensagem.

Disse que precisava da receita. Ele diz que sim, mas me faz ir buscar em casa, precisava me fazer algumas perguntas antes, como numa consulta. Separei algumas encomendas que ele teria feito da sorveteria para disfarçar e segui para a consulta particular. Sentei num banquinho alto da cozinha, mantendo um dos pés no chão para dar apoio e não correr o risco de quebrar. Sempre tive medo de quebrar algum banco. Walter me ofereceu café e biscoitos sem recheio. Aceitei só café, tomei em três goles. O pescoço molhado pela bebida quente em uma tarde de tanto sol. Ele trouxe a receita impressa, assinou na minha frente as duas vias.

"Essa fica com você. Essa fica na farmácia. Não vai tentar copiar depois e passar vergonha, porque agora vai junto essa via azul pra identificar."

Ele repousa a mão na minha coxa.

"Se precisar de mais, fala comigo de novo."

Peguei a receita, me despedi. Walter passou a mão de leve pela minha bunda. "Que bundão, hein?"

18

Cada caixinha dessa, isso sim é o paraíso. Que se foda boca seca taquicardia e falta de libido. Quem quer a libido alta quando nunca se é desejada? Só passo vontade. Emagreci mais seis quilos. Baita alívio, o efeito ainda é o mesmo. A fome vai embora mas passei tanto desejo que mastiguei um pedaço de pano para descontar a raiva. Vai ver o corpo se sente ofendido quando é forçado a diminuir seu espaço. Uma espécie de implosão faz retornar ao ponto de partida cada pedaço de pele que se expandiu na travessia. Vomitei até o estômago ficar fraco. Um pouco pelo medo da comida, outro tanto pelo vazio da distância que parecia se criar com Gabriela. Consegui me espremer entre o espaço desacostumado de algumas roupas antigas. Fiquei tão feliz que decidi dar um presente de aniversário pra minha mãe.

"A gente vai passar um fim de semana no Rio com o dinheiro que eu juntei". "Fazer o que lá, Marília? Não conheço ninguém."

"Ver a praia, conhecer o Cristo de verdade. Cumprir aquela promessa mal cumprida que a gente herdou da vó."

A viagem recente de Gabriela para a praia me incomodou na lembrança de que eu nunca tinha viajado para lugar nenhum além da fazenda, as cidades pequenas que se aglomeravam pelo caminho e o fim de semana em Bom Jesus do Galho. As economias da caixa amarela seriam muito bem empregadas em três dias inteiros de suspensão do mundo. Duas passagens, duas reservas em um hotel de saguão dourado, dois ingressos para subir de bondinho até o Cristo Redentor. Uma tentativa de preencher por um instante o período vazio de férias e a lembrança meio torta de um Cristo que me pareceu grande aos olhos pequenos no interior de Goiás.

Chegamos na sexta de manhãzinha. O peito um tambor desgovernado ainda dentro do carro. A travessia hipnótica, silêncio completo. A linha de praia passando rápido pela janela de quem nunca viu mar sem ser retrato. Um sol de fazer suar do pé ao pescoço, cada dobra de pele úmida quase grudando a roupa no banco de couro.

Minha mãe se recusou a sair antes da tarde. Queria aproveitar o hotel, puro encanto. A varanda com vista pra piscina, as camas largas com colchas amarelas macias e detalhes em marrom, o tapete estampado, a geladeira minúscula com comidinhas desimportantes, as cortinas quase transparentes, tudo um brilho sem precisar passar pano em nada. Saí sozinha. Estiquei as pernas pela primeira vez em completo anonimato. Nenhum histórico, zero expectativas. Um corpo grande transitando quase invisível pelo movimento frenético da cidade grande. Comprei bala e picolé na banca de jornal sem receio do olhar inquisidor do jornaleiro amigo antigo. Segui até a orla. Carros, motos, bicicletas, gente sem camisa e muita buzina. De longe o mormaço. De perto um coco gelado, areia quente fininha, gente correndo, gente pedalando, gente suando e gente vendendo tudo no chão. Suei a testa, tomei um coco, me molhei na ducha, ouvi o mar, esbarrei na *bike*, escutei um pagode, senti cheiro de peixe frito na barraca. Tudo em mim um esquecimento, uma despreocupação física embalada pelo ritmo frenético da curiosidade. Olhava tudo meio de canto, a cabeça uma mola em balanço irrefreável. Quero esquecer mais de mim experimentando cada novidade do mundo.

Tirei minha mãe de um ritmo hipnótico entre a cama macia e a janela do quarto. De tarde nos arriscamos a entrar na praia. Alugamos as cadeirinhas finas, o tecido colorido passeando por ferros que pareciam feitos de papel. Morri de medo que tudo se espatifasse por ali mesmo, eu rolando pela areia branca juntando nacos de manchas brancas pelo corpo enfarinhado.

Sentei.

Fiquei quietinha para apreciar a normalidade. Nada se abriu, ninguém foi ao chão. Arrisquei tirar o vestido ainda sentada, arrumando a canga para cobrir um pouco da parte de baixo, que não se escondia pelo maiô. Os braços de fora, a marca metade escura metade clara da pele acostumada à camiseta. Esparramamos o corpo nas cadeiras de praia para observar. O mar batendo logo em frente, dois meninos jogando bola ao lado, um emaranhado de cangas estendidas e ocupadas pelo chão.

Outra vez, dois pedaços de mármore paralisados pela inexperiência.

Pedimos um mate gelado ao vendedor ambulante, seguimos com os biscoitos famosos, um sorvete no potinho, espiga de milho lambuzada em manteiga, geladinho de frutas e curau. As pernas vermelhas pela falta de costume. Minha mãe arriscou o primeiro mergulho. Entrou até a água bater nos joelhos, enquanto molhava o resto do corpo com as mãos em forma de concha. Olhei de longe vigiando as bolsas. Sentia tanta vontade que a boca começou a salivar. Não me permito um mergulho desde o último dia no ribeirão. Um dia tenho muita dor de cabeça, noutro esqueci o biquíni, outra vez estou menstruada, e naquele dia senti muito frio, no outro não tinha vontade. Inventava desculpas enquanto observava a despreocupação de outros corpos n'água. O olho espreitando de fora enquanto o corpo aprendia a segurar a vontade.

Minha mãe voltou e eu me levantei. A canga amarrada acima do umbigo, os passos leves e vagarosos para evitar outra vez o balanço. E fui. Hoje não deixaria de ir. Entrei com a água até o peito e mergulhei experimentando o gosto ruim da água salgada na língua. Tudo em movimento até onde não alcança a vista. Tanta gente em todo lado que não restavam muitos olhos para me espreitar os movimentos. Aproveito e largo o corpo para boiar. As ondinhas um vaivém tranquilo feito berço de bebê. Deixo que a água cubra os ouvidos para escutar o barulho forte da maresia, mais nada. O céu num dia sem nuvens e as costas imersas naquela porção gelada de mundo.

Tudo infinito.

Pela primeira vez não me lembrei de nada.

Comprei ingressos para o primeiro bondinho. Chegamos ao pé do Cristo num emaranhado de gente. Era tudo muito mais alto e branco e nuvens e céu do que eu conseguia imaginar no tempo de antes. Quantas vezes a gente perde o olho assim, no meio do mundo?

Eu me lembro de minha avó me entregando sempre os pés de um Jesus menino para beijar. Ele ali, deitado na caminha meio arredondada, um paninho branco feito de louça, como o próprio Jesus, jogado por cima do corpo. Beijar os pezinhos do menino me despertava o riso. Um pouco pelo estranhamento da cena, outro tanto pela vergonha que me consumia desde a infância e outra parte por uma total falta de fé. O Jesus menino, ali deitadinho com olhos perdidos em seu corpo de louça, nunca me despertou nenhum tipo de devoção ou cuidado. Eu afastava o rosto enquanto minha avó insistia os pezinhos até os meus lábios. Por pirraça, eu formava com a boca a mínima curvatura possível para entregar um beijo de má vontade, desapontando a vó, que repetia "beija", segurando a manjedoura com muito cuidado bem na frente dos meus olhos.

Fazia na missa uma cara muito enjoada, me recusando a aprender as músicas e me atrapalhando por pura falta de vontade com a coreografia ordenada de sentar e levantar. A vó cantava cada vez mais alto e mais desafinado. Segurava minhas mãos com força, puxando o braço para cima numa tentativa de que eu acompanhasse de uma vez o balançado cheio de louvor impulsionado pelos seus. E me entregava notas para depositar na cestinha de contribuições. E me dizia para ajoelhar no momento certo. E me orientava a distribuir abraços na paz de Cristo. Tive pouca vontade toda vez que me vi na igreja e aguentava o rito confundindo as falas do padre, e me lembrando de que ao final passaríamos nas barraquinhas da quermesse para comer bolo e cachorro-quente. A missa era aquele molho mais gostoso do mundo acompanhado pelo pão bem branquinho.

A devoção ganhou entendimento ali no Cristo. Os braços enormes abraçando toda a cidade. Eu, acompanhada por ele, segurando os cabelos numa ventania de enxergar o céu muito grande e o mar muito azul lá de cima. Minha mãe fechando os olhos para respirar tudo bem de perto e esconder o choro.

"Que infinito bom, Marília."

O mundo visto de cima pela primeira vez. A vó, com os cabelinhos ralos feito os nossos, que voariam ainda mais insistentes se tivesse tido tempo de subir aqui, diria que Deus é o mundo quando entendemos assim de perto a montanha. E se espantaria que as montanhas daqui são ainda maiores do que as que a gente enxerga quando caminha pelo terreno externo da fazenda.

Eu mirava cada nuvem tentando dizer pra vó que ali eu conseguia entender a montanha e queria agradecer pela ideia de inventar essa promessa longa, cumprida do jeito certo por herança tanto tempo depois. Até hoje não sei dizer o que foi pedido em troca.

Na hora de voltar, minha mãe se enroscou pela primeira vez entre meus dedos enquanto assistia o mar ficar pequeno pela janela do avião.

Comemos no restaurante e é uma ocasião especial. Minha mãe faz cinquenta e sete anos e pede um macarrão ao molho de quatro queijos e filé-mignon, eu nunca comi filé-mignon antes desse dia. Então sorrimos. E sujamos os cantos da boca com o molho branco enquanto o garçom completa nossos copos de guaraná com gelo e rodelinhas de laranja.

O molho espirra no meu vestido e não me importo, como sem pressa, sem medo, como sem ser escondido, como tal e qual todos comem em um restaurante. Não estou nos meus melhores dias e minha barriga dói. Outra vez o intestino teima em não funcionar. Cinco dias. E posso tocar no pedaço duro que vai inchando na parte de baixo, por isso o vestido por isso não uma calça. Minha mãe e eu dividimos também o intestino apertado teimoso arredio ressecado. Entra em greve em períodos alternados. Compramos mamão e batemos vitamina. Tomamos mais água e compramos aveia, colocamos bolsa de água quente e o intestino não sabe desempedrar. Não aprendeu a finalizar a digestão. Metros e metros de intestinos fantasmas herdados de uma mulher a outra.

A vó fazia bacia de ervas para ajudar e eu observava fungando os cheiros e dizendo que aquilo era coisa muito boa para sentar, mas não aprendi. Que tipo de secreção ou enzima nos falta para digerir o bolo desenfreado que comemos? Hoje não. Hoje sentamos no restaurante com a mesma graça que mostra a menina ao lado em seu vestidinho florido e azul com a mesma graça da senhora de saltinhos vermelhos com a mesma graça que a adolescente magrela em seus cabelos bagunçados. Comemos com calma pulso silêncio. Quase requinte. E o macarrão mole e quentinho vai lubrificando nossas microvilosidades. Logo tudo vai escorregar sem arrependimento. Eu pergunto quantas calorias deve ter esse prato enorme e será que a gente come mesmo tudo isso de uma vez, mãe? Podemos guardar, podemos deixar, a gente devia ter escolhido outra coisa e algo me escapa, porque eu tinha me prometido não pensar nisso hoje.

É preciso se esforçar, Marília, fazer mesmo um esforço para se lembrar que o corpo não é o mais importante, filha, não é só isso que existe. É preciso se lembrar do que fazemos com a nossa existência, que passa sim pela experiência concreta e física desse corpo que a gente carrega, mas ela não é tudo. É como esse Cristo que vimos aqui no Rio e também aquele em Bom Jesus do Galho. O que importa não é o cimento ou a pedra de que o Cristo é feito, Marília, nem a altura que desponta, ou mesmo a envergadura dos braços abertos, Marília, o mais importante no Cristo é como ele fez a gente se sentir, lembra? O mais importante era a nossa companhia mesmo, a viagem, a promessa cumprida pela vó. Lembra que bolo gostoso comemos naquele dia, Marília? Às veze tudo que a gente precisa é isso, um bolo gostoso, ou mesmo um bom jantar sem culpa. A gente pode sentar e ser muito feliz apreciando esse prato de macarrão.

19

A gente esquece um pedaço do amor quando vai crescendo, mas encontra um pedaço ainda maior de vontade. Os anos passavam enquanto Gabriela aceitava que nos gostávamos, mesmo que não seguíssemos tão juntas, e eu entendia que ainda precisava que ela estivesse sempre por perto para continuar. Gabriela cortou o cabelo inúmeras vezes depois dos quinze, fez mechas cor-de-rosa e pintou as pontas de azul por sete meses, fez franja de lado e de frente, tirou a franja, fez tranças e comprou tiaras, prendeu fios com tererê da praia e deixou tudo crescer de novo. Eu tinha medo de mexer no cabelo. Um medo danado de que qualquer pedaço a menos fosse me transformar de uma só vez. Gabriela me chamava para acompanhar nos dias de corte e eu assistia de perto enquanto a gente planejava o que fazer com os pedacinhos ressecados que caíam pelo chão.

Eu sempre fui a primeira a ver cada mudança. Ela me puxava pelos dedos e insistia que eu pintasse uma mecha, colocava para frente meus fios finos, caindo até os peitos, e brincava de segurar metade deles no lado de trás, criando a impressão de um corte na altura das orelhas. "Olha, você fica muito mais nova assim". Mas eu não preciso rejuvenescer. E se existe uma única vantagem em ser jovem nesse canto do mundo é não ter que se preocupar com o tempo. Talvez eu pudesse aprender a cortar cabelos. Ganhar a vida realizando pequenas mudanças cotidianas sem abalar demais a estrutura do tempo. Quando é que a gente entende o que quer fazer pelo resto dos dias?

Eu sempre quis um exagero. Gostava de pensar que se fosse pra morrer, morria de fome depois de tanto me privar de comer, como uma vingança por cada um que já me olhou torto quando eu quis pegar um pedaço a mais. Sim, foi você, carregue essa culpa. Queria ser muito branca ou muito preta, um tanto mais gorda, ou absurdamente magra, queria estourar as possibilidades até que fosse possível ter voz para gritar, Ei, me escute, eu represento esse extremo do lado de cá. Mas sou fadada aos meios. Ao equilíbrio, ao quase, às metades. Meu corpo não quebra cadeiras nem cabe em saias apertadas, não faço graça por ser extrovertida, nem chamo atenção pela introspecção misteriosa, não sou um gênio da arte e nem sou apaixonada por matemática. Eu gostaria de ser por inteiro. Então desejo ser algo que possa engolir o mundo. Criar ou destruir.

Gabriela comia com gosto e vontade. Eu amava observar. Como um corpo tão esguio podia abrigar tanto apetite? E por quais curvas se ocupavam todos aqueles pedaços? Eu gostava de observar como ela enfiava mordidas grandes de sanduíche na boca, deixando um tantinho de molho escorrer pelos lados.

Quando o padrasto sentava na sorveteria, parecia meter na boca as colheradas da mesma forma. Conduzindo um apetite que não se bastava, porque nunca precisou se encerrar. Observar o padrasto me dava nojo. E eu deletava do meu cardápio pessoal cada sabor que ele escolhia.

Um dia, já em casa, minha mãe quis saber por que eu nunca mais tinha levado para ela nenhum pote com o que sobrara do sorvete de flocos ou pistache, seus favoritos. Insisti que o sabor era um dos únicos que nunca sobravam e teimei em carregar sempre os potes recheados de morango e flocos.

Minha mãe comia devagar, quase freando garfos e colheres antes de chegarem ao caminho da boca. Mexia a comida no prato e o sorvete no pote algumas tantas vezes antes de experimentar, como se um desânimo tomasse conta do corpo e tirasse do braço a força necessária para levar outro punhado até a língua. Minha mãe sempre foi enorme quando mais nova e pessoas grandes aprendem cedo a frear o impulso vital pelas coisas.

Voltei da viagem com minha mãe e precisava contar tudo para Gabriela, mostrar que meu corpo também sabia transitar por outros espaços. Decidimos comemorar os dezoito anos que faríamos em breve numa noite de sábado. Eu sabia que reunia ali alguma coragem nova.

Poucas coisas provocam mais o corpo do que experimentar um mergulho pela primeira vez. Gabriela aquele desejo macio no olhar fechado. Meu corpo nos últimos instantes de algum disfarce. Ela sabia. Mas preferia fingir silêncio enquanto me arrastava para outro experimento na cidade. Eu, outra vez, um corpo obediente tomado pelo impulso de quem esconde as próprias vontades. Paramos na única loja de fantasia sobrevivente. Goiás é um punhado de lugares decadentes e espaços fartos.

"Pra que isso, Gabriela?".

"Escolhe logo, pra tomar coragem."

Escolhemos vestidos colados demais para disfarçar o tamanho desproporcional da minha bunda. A calcinha barata escorregando pelos lados e os óculos ridículos e pequenininhos incríveis no coque alaranjado de Gabriela. Nos disfarçamos de qualquer coisa barata pra ganhar coragem até o Império Pardo, o último bordel a céu aberto em Baixo Paraíso.

Tudo chegava rápido demais ao fim naquela cidade. "Hoje o show é só de mulheres."

Sentamos na última mesa e acompanhamos a apresentação desanimada de um grupo de artistas de meia idade. Rodeadas por homens suados, a saliva escorrida, a barba deslizando gordurenta feito a última travessia possível entre a boca e a palma da mão. Gabriela ria enquanto lambia o canudo sujo pelo drinque esverdeado. Bordel barato.

Aguentamos a música cafona e os corpos esquecidos e coreografados por mais quarenta minutos.

Meu estômago um pulso. "Tá gostando?"

Eu gosto de resgatar a companhia da loucura. Sanidade demais me faz perder o ritmo das mãos.

Saímos suadas do Império. Na frente da rua, uma loja de roupas de couro ainda mais ridículas que as de antes. Gabriela me arrastou para dentro. Provou uma calça preta colada feito fruta embalada a vácuo.

"Chega."

Gostou do modelo. Eu também. A bunda ficava ainda maior. Gabriela pagou com duas notas amassadas no caixa e pegamos o carro pra ir até a fazenda no meio da noite. "Me leva lá, Marília, baita saudade." Algum tempo de estrada. Eu um vulto tomado pelo silêncio. Gabriela o cheiro da bebida barata.

Tomamos a estrada velha e empoeirada até a fazenda do vô, as pedras soltas o único ruído circulando no carro. Chegamos de manhã, o sol já um ponto laranja subindo por trás do casarão. O vô abriu a porteira e a porta de casa, mostrou o quarto onde eu costumava dormir e outro arrumado para a Gabriela. Os lençóis antigos com estampas floridas, retratos de família na parede, as mochilas no chão.

Eu ofereci um café feito quem oferece o corpo ao mundo. E mantive o preparo lento, parte de mim louça velha e cada pedaço vermelho da xícara. O espaço todo feito de madeira, banco comprido, mesa em retângulo, a porta aberta para o quintal com mato alto do lado de fora, a janela pesada, o azulejo azul estampado de tanto tempo antes.

"Ainda tem o balanço na árvore de trás, sabia?"

E a casinha de madeira também, velha e meio estufada, pontos quase uniformes de rachaduras.

Junta o silêncio em certa distância e a Gabriela pedindo pra conhecer de novo o ribeirão que faz tanto tempo, ainda dá pra pegar argila? O café no ponto o sol resfriado de junho o córrego cheio de lama. O vô dormindo e os pés pisando a palha seca até chegar outra vez ao balanço. Gabriela o corpo não mais tão magro, senta e balança devagarzinho. Não tem esse medo de quebrar, destruir o rumo das coisas, feito eu. Misturo leite, açúcar, ela ri, diz que não gosto mesmo da bebida, enquanto engole a xícara cheia, o café preto, a boca amarga.

Balança e a corrente antiga um barulho fininho, a madeira estalando e queria saber:

"Sua língua também fica assim, doce?"

Levantou do balanço e me deu um beijo, rápido, cheio de barulho.

"O mundo é mais louco ainda fora do Goiás, Marília, você precisa ver."

E me pediu para caminhar os espaços há tanto tempo não vistos enquanto tudo ganhava um ar de filme europeu e aquela luz dourada ainda pintando cada pedaço de madeira e terra ao redor.

"É a hora mais bonita do dia, amanhã eu quero

ir até o Morro do Barril assistir lá de cima, me leva?"

"Levo."

No meio da caminhada o quarto de montaria. Ei, Mari, foi aqui que te tranquei, lembra? Seu avô tava dormindo e nem deu falta. Você não falou comigo o resto do dia.

O *short* jeans de hoje lembrava aquele em que ela escondeu as chaves quase dez anos atrás. Como é possível que tudo siga de pé? Junho parece um cenário. O chaveiro ainda ficava ali, escondido num vaso de plantas pendurado ao lado da porta. O corredor escuro e comprido com a luzinha de fundo, as celas amontoadas na parede, os tapetes expostos. A Gabriela prestando atenção em cada objeto empoeirado, deslizando o dedo em círculos. Desliguei o telefone e tranquei a porta. Dessa vez, lá dentro, Gabriela comigo.

Eu nunca tinha aberto a porta do quarto de montaria durante a noite, quando o corpo, amolecido pelo dia, não mostra sinal algum de vontade de arranhar outros espaços. A porta de madeira pesada prendeu uma lasca no chão e eu não deixei irromper nenhuma palavra que pudesse perturbar o silêncio. Eu tentava acalmar o ritmo frenético da respiração suando pelas mãos encostadas nos dedos brancos de Gabriela. O quintal um negrume cheio de estrelas.

Gabriela me agarrou os dedos com mais força e a umidade se espalhou até o braço. Tirou a chave do quarto que eu levava na outra mão e guiou com mais pressa o caminho. O estômago um pulso. Estancamos o corpo na parede áspera que se espalhava na direção da porta. As costas arranhadas pelo cimento desregulado e por um pedaço de unha com a ponta fina. A língua perdendo a forma para ganhar espaço, a porta ainda fechada. Gabriela tirou a minha roupa e a dela, seguimos em pé. Um barulho molhado. Nenhuma luz na fazenda e uma porção de insetos que me alisavam os únicos pedaços ainda não ocupados nas pernas.

Os objetos de montaria espalhados em um corredor escuro e os corpos que se empurravam entre a parede ainda áspera e os tapetes macios. A luz do quarto piscava enquanto só me era possível enxergar um rastro pelos olhos fechados. O chão morno, aquecido pelo tecido grosso que se dobrava entre cadeiras e baús por todos os lados. Agarrei um último abraço, sem coragem de dizer palavra.

Dormimos no chão. Gabriela outra vez uns olhos desabitados por mim, mas sempre em movimento.

20

Imagino a gente conversando no bar. Imagino que nunca fui coisa alguma que não fosse eu mesma nesse tempo espaço em que não sei fazer nada além de imaginar.

Imagino meus dentes branquinhos na boca sempre aberta. A gente conversando tanto até que alguém notasse e fizesse um comentário discreto e a gente iria rir junto mostrando que sim. Imagino uma blusa preta linda, soltinha na frente e muito aberta nas costas.

Eu fico muito bonita de preto.

Imagino que nos levantamos pra dançar, a pista cheia, você, outra vez, o centro de tudo.

Como é possível sustentar num corpo tão pequeno essa imensidão que é o centro?

O ritmo passando no estômago e tudo tão fluido, as pernas. Imagino a gente tão de perto e meu corpo, tão leve, mostrando por onde se movimentar. Ele precisa me dizer, eu nunca sei. Por que é que a gente sempre busca tantas palavras e diz e come e experimenta palavras e não sabe a coisa certa a se dizer. A palavra é sempre um escorregão. Já tentou dizer assim, alto?

É preciso esquecer a menina? Ou aceitar a menina, reconhecer, entender, perdoar a menina. Quantas meninas a gente abandona até que se saiba mulher?

Te espero acordar.

Sabe quando a gente precisa engolir um pedaço

de peito quase explodindo em pedaços só de olhar? Eu ali olhando Gabriela. O corpo subindo, meu corpo descendo, ressonando de sonhos. Eu daria tudo pra saber daqueles sonhos, os braços jogados no chão frio e eu tão de longe. Queria saber dizer em voz alta todas as coisas. Eu queria dizer, mas nunca digo, não me sai uma palavra, um pedaço de voz.

Eu queria ter nascido nesse corpo despreocupado e fácil. Esse corpo que transita sem arrastar o calcanhar pelo mundo, eu queria ter esse corpo. E agora tenho. De uma ou outra forma. Aquele quarto, tão velho e marrom quanto antes, tão escuro e quente quanto antes. É preciso esquecer a menina? O quarto um portal.

Tenho medo de sentar hoje naquele tapete do canto, o mesmo de antes. Tenho medo que aquele pedaço antigo apague o que a gente já foi e se carimbe apenas no que a gente ainda é. Eu preciso ser as duas, carregar esse lapso.

Gabriela roncava baixinho. E resmungava um tanto, mexia as pernas, soltava risinhos, um sono barulhento. Os pés arrastando no som repetido do tapete macio plastificado para não sujar. Viver num lugar pequeno é se acostumar à ausência de barulho e eu me incomodava nos instantes necessários de abrir mão do silêncio, mas hoje, vê, escuta essa ausência de som? Era como na casa vazia quando eu chegava da escola. Minha mãe estalando os chinelos no corredor, abrindo e fechando janelas, a temperatura nunca estava certa. E teve o tempo em que minha mãe comprou uma esteira, um barulho infernal fazendo eco por todos os corredores e rebatendo o arranhado metálico nas paredes. Uma máquina de lavar elevada à quinta potência e a esteira virou ponto fixo de todas as manhãs. Nesse vício inerte que a gente tem de ajustar as coisas. Café e esteira, uma torrada e esteira, uma esticada nas pernas e esteira, mas o corpo, desobediente que era, teimava em diminuir seu próprio lugar. Minha mãe suava em busca de outro tamanho, mas o corpo, quando desafiado a ocupar menos espaço, desobedece até onde pode aguentar. Eu também desobedecia. E me recusava a subir no equipamento que desfigurava minha sala de estar. Não subo, meu corpo dói com tanto movimento.

E hoje escuto esse barulho de sono ritmado sem querer acordar. Meu corpo, enfim pequeno, ocupa menos espaço que na infância. Uma pele adulta que se encolheu. E o crescimento às avessas confunde ossos e cabeça. Nunca sei dizer se sou mais velha hoje ou, por ser tão menor, sou mais nova do que antes e sem um tanto de esperteza. Gabriela abre os olhos. Estica as pernas e braços e costas, retorce cada pedaço exposto, como é possível não ter nenhum receio do corpo assim, nu, em abandono? Ela me olha, sigo sentada, vestida, agasalhada. "O que a gente vai dizer pro seu avô?" Qualquer coisa. Que o vô, desde a morte da vó, fingia não prestar muita atenção. A quem fica, a morte é isso, deixar de prestar atenção. Talvez o vô fingisse não prestar atenção às roupas de festa ou ao carro estacionado desde a madrugada, talvez não percebesse os restos de maquiagem e o quarto intacto de dentro que não recebeu nenhuma visita. Talvez não prestasse atenção à desculpa barata de que acampei no terreno de trás e já guardamos a barraca no carro. "Ah, sim". Uma falta de vontade de dar atenção às coisas vivas.

E eu me espelhava naquele vô, já tão solto e tão vazio calçando as botas para cumprir suas funções. Porque o corpo que segue vivo carrega o fardo de se movimentar. E eu me espalharia para criar também as minhas próprias desatenções. Tudo seguia tão bem naquele corpo amolecido pela manhã seguinte. No riso frouxo que tentávamos esconder. E a mesa de madeira posta para o café da manhã, o café quente, o bolo macio. O corpo tão absoluto que repete o segundo pedaço. "Só mais um". Lambi os dedos com cobertura, ri com o chocolate preso nos dentes. E o vô servindo frutas enquanto alimentava a ausência no burburinho de todas as coisas. Enquanto isso, Gabriela e eu falávamos pouco, ríamos muito. Cúmplices de alguma travessura como tanto tempo atrás. Talvez eu não precise dizer mais nada. E seguiríamos assim, disfarçando a falta de coragem para falar de tudo com mais um bolo de chocolate. Eu criaria uma história, menos desinteressante, preenchendo todos os espaços.

O vô nos avisa que vai precisar passar o dia fora para negociar produtos da fazenda, deveríamos ter avisado antes de ir. "Sem problemas, vô, a gente se vira por aqui". Comemoro a ausência. Um domingo de esquecimento. O vô sai logo cedo, depois do café da manhã, e a casa é o silêncio que sempre busquei no mundo. Gabriela abre os armários e gavetas, passeia as mãos pela estante de livros, tira do lugar um punhado de papéis. Prova a geleia dos potes, abre as compotas de frutas para cheirar, desgruda pequenos pedaços de tábua do chão. Gabriela brinca com os santos em papel impresso e em pequenas estátuas, algumas com roupas de tecido, outras pintadas.

Em destaque, em cima e ao centro de um piano que ninguém mais tocava, um Santo Antônio acompanhado de Nossa Senhora Aparecida. A Nossa Senhora, preferida da vó, levava uma roupinha bordada em detalhes dourados, a coroinha, também de verdade, foi encaixada e desencaixada de sua cabeça pelas mãos de Gabriela. Santo Antônio também era coisa da vó, que teimou me batizar na igreja dele para que eu arrumasse no futuro um bom marido. Mas de nada adiantam os batismos ou as promessas. Ainda assim, os santinhos seguem no mesmo lugar deixado por ela, os montinhos de poeira denunciando a base que nunca mais tinha sido movimentada. Vou pedir a Santo Antônio que faça o dia aqui durar mais tempo, ele há de atender.

Gabriela continuou sua expedição pelo remelexo nos objetos da casa e, num baú amadeirado do quarto, encontrou meus patins. As botas brancas, o cadarço cor-de-rosa, colorido como as quatro rodinhas. As rodas lisas que escorregaram apenas duas ou três vezes pelos cômodos daquela casa e o pátio de entrada. Na segunda ou terceira vez, o corpo se desequilibrou para frente e meu nariz, já um tanto torto, ganhou uma bolota interna de sangue vivo por um mês. Nunca mais subi neles, mas Gabriela me pediu para experimentar e andou rindo e se desequilibrando pelo piso desigual e cheio de desníveis. E Gabriela caiu sem se importar, amortecendo quedas ora com as pernas ora com a bunda, e me passava as mãos e me girava e me pegava um pedaço dos cabelos a cada vez que passava ao meu lado. Acabei por calçar de novo os patins, enquanto Gabriela se segurava para ser puxada, as mãos firmes na minha cintura.

Patinei pelo piso verde e escorregadio da cozinha e pelo chão amadeirado da sala, joguei no chão as toalhas do banheiro e bati o ombro num pedaço de janela. Caí sozinha enquanto Gabriela me levantava. Empurrou meu corpo desequilibrado até o sofá e deslizei de costas tentando segurar o ar. Caí sentada e Gabriela aproveitou o movimento para recomeçar à luz do dia o que aprendemos no mofo escuro do quarto de fora. Tirei os patins e aproveitamos o chão. A madeira estalava a cada movimento do corpo, como um instrumento de percussão que mantém a base para o restante da música. Aproveitamos o sol do meio-dia para entrar sem roupa no rio que seguia como antes, passando na trilha por trás da casa, mas desenhando uma curva que aparentava muito menor do que antes. A água era mais quente e clara naquela hora do dia, com o sol batendo à pino e criando uma porção de reflexos. Secamos o corpo enquanto a pele se acostumava a grudar, em pequenos buracos, alguns pedaços de terra e eu só me lembrei de que o corpo sabia sentir fome quando o sol começou a baixar do outro lado.

21

Alguns meses e quinze quilos a menos no total, as cartelas vazias. Uma felicidade tremenda com o corpo magro e torneado que se desenvolvia. Eu precisava de uma receita nova. Mandei mensagem para o padrasto, que dessa vez preferiu me encontrar na sorveteria, eu continuava o trabalho em meio turno durante as aulas. Pediu uma bola de pistache e me olhou por alguns segundos.

"Você tá ficando boa, hein? Mas ainda pode ficar melhor." Agradeci. Era um elogio?

"Não trouxe a receita. Passa lá em casa depois de amanhã à noite pra buscar."

"Não trouxe por quê?"

"Esqueci."

"Eu já tô sem o remédio tem cinco dias, não aguento mais olhar pra tanto sorvete."

"Passa lá."

E saiu tomando aquela bola verde em colheradinhas.

A mãe da Gabriela também passou na sorveteria naquela tarde. Avisou que viajaria por quinze dias para fazer um curso e se repaginar nos negócios. A Gabriela ficaria na casa da avó, assim o Walter poderia aproveitar o período de silêncio para terminar o livro novo. A mãe da Gabi me pediu para ficar de olho na sorveteria e, para alguma emergência, deixou o celular. Esperei dois dias e oito horas para tocar a campainha e pedir a receita. Quase mordi as mãos de tanta vontade de comer, o apetite se multiplicando por cinco. Tomei três bolas de sorvete por dia e vomitei todas.

Walter abriu a porta jogando um tanto de fumaça perto da minha cara, me lembrando do quanto eu detestava o cheiro de cigarro. Chegamos na cozinha, levei outro tapa na bunda e ele me serviu uma taça de vinho. Eu imaginei que já tinha mais de trinta anos, o corpo grande me fazendo parecer mais velha.

"O comprimido tem dado certo." "Muito. Me vê mais duas caixas?" "Uma. Te entrego a receita mais tarde."

Virei a taça e pedi mais uma. Tomei até sentir a cabeça se desprender do pescoço pela falta de costume. Mais uma. A casa vazia além dele, além do que me restava. Tem outra garrafa? Engolia o vinho pra tomar coragem.

No primeiro tapa eu entendi a troca. Vesti a melhor roupa que encontrei para encontrar o padrasto. Alguns quilos a menos e um vestido preto rendado começou a servir. Enfiei o pé em uma sandália alta e me equilibrei até a porta. Avisei em casa que teríamos uma festa do terceirão. A boca dormente de vinho, o corpo amolecido pra deixar tudo mais fácil. O velho tirou primeiro a própria roupa. Senti nojo e curiosidade. Larguei meu corpo amolecido na cozinha e deixei que a cabeça aproveitasse algum outro lugar. Aquele primeiro mergulho em dupla no rio. Meu vestido no chão. O sol rachando e Gabriela gritando que a água estava fria. Meu corpo em cima da mesa. A gente dividindo um sanduíche, sentadas na pedra-sabão. Tudo seco e ardido, a mesa fria. Gabriela tacando bem longe uma pedrinha vermelha. Meu corpo jogado e o padrasto se afastando com a bunda reta.

Voltou fumando outro cigarro, deixou o papel da receita assinado ao lado do meu pé.

"Só tem pra um mês aqui, eu te pedi pra três."

"Vem depois pegar o restante."

Combinei que voltaria no dia seguinte.

Antes de ir, coloco o único vestido vermelho que já tive, escolhido pra chamar a minha própria atenção. Essa vai ser a última vez, eu prometo.

Na penúltima vez em que nos encontramos, o padrasto e eu, no lugar do verso ou da receita, o velho me entregou um retrato. Um pedaço de família reunida num banco cinza e decadente, "Sou de Bom Jesus de Goiás". Quantas variações de Bom Jesus existem no mundo? E no fundo da foto aparecia o Cristo. Outra réplica. Essa instaurada no centro de um canteiro arredondado, dividindo quatro avenidas. E outro Cristo abre os braços na entrada da cidade. "Por isso em Bom Jesus nunca ficamos doentes."

Em uma pesquisa rápida, é possível perceber que os braços abertos do Cristo Redentor, inspirando uma atmosfera divina, distante e protetora, são desejados, abraçados e revisitados por um grupo considerável de cidades. As réplicas da estátua se multiplicam em morros e montanhas, espalhando uma herança de crença que transita entre a fé, o conforto e a vontade de tirar as fotos mais bonitas. Tem Cristo abrindo os braços na Polônia, na Bolívia, na Colômbia, no Peru e em Portugal. Tem Cristo até no México, na Eslováquia e no Timor Leste. Tem Cristo em São Paulo, Santa Catarina, Mato Grosso do Sul, Bahia, Minas Gerais e Maranhão. Tem Cristo olhando o oceano Pacífico e o Atlântico. Tem Cristo começando com quatro metros de altura em Severínia e chegando aos sessenta e dois em Tuxtla Gutiérrez. De braços abertos, os Cristos dão boas-vindas em cidades interioranas, velam os mortos, estampam chaveiros e despertam a fé que escapou durante a novena. Em Três Lagoas tem um Cristo que aponta as mãos para o céu em posição de louvor. Eu já vi réplica de Cristo recebendo iluminação comemorativa, manto confeccionado por crianças e até bênção na televisão. Mas não existe poesia num pedaço de mundo assim, onde mais de um Cristo disputa o lugar de mensageiro.

Na casa do padrasto, eu sempre comia um pedaço de torta depois que tudo terminava. Na mesma bancada gelada da cozinha, o cheiro do meu suor se misturando ao cheiro da baunilha no mármore. Tenho que sair tenho que contar tenho que acabar que dizer. Tive que tanto. E aquela baunilha me enjoando cada vez mais, até que a próxima vez foi a última. E depois disso, a mãe de Gabriela sozinha em casa, como a minha, por que, Gabriela, a gente tem sempre uma mãe sozinha em casa? Mas é sempre melhor uma casa sozinha do que uma casa atormentada, ou pelo menos deveria ser. Eu queria perguntar, mãe, o que você faz com esse silêncio, o que você faz nessa casa despreenchida sem nunca dizer nada. Lembra do dia em que meu pai deixou aquele pote cair no corredor e era como se sua vida inteira se abrisse diante daquela possibilidade? Eu nunca soube o que você fez depois de limpar o corredor e encher as latas de lixo, esvaziar os armários e abrir as gavetas todas, tudo tão devagar.

O que você fez? E a gente fingiu não saber muito bem do sumiço e fingiu não sentir tanta raiva e fingiu não querer mudar de casa outra e outra vez. Mudar de casa parece sempre uma grande possibilidade. Mudar de lugar os móveis, escolher o que fica para trás. E agora, Gabriela, eu vou continuar fingindo que nunca houve um padrasto e vamos fingir que ele não rasgou essa linha tão fina que a gente tentou costurar. Vamos fingir porque ninguém consegue saber tanto. Aquele corpo morto um abismo e o corpo hoje, vivo, uma casa abandonada.

Lembro da caneta cara em bico de pena. Embrulhei numa caixa azul com bordado dourado, coloquei junto um vidrinho novo de tinta preta no fundo de uma gaveta. Eu poderia ter encontrado tantas formas melhores. O pedaço de mofo mastigado por mim muito antes, um homem velho e asseado como aquele não sobreviveria a um papel mofado. Ou a própria escada, um corpo perdido e torto em qualquer degrau. Mas a um poeta é reservado o direito de uma cena mais elegante, então sigo com o vômito que esguicha e volta pela garganta num corpo deitado. Tudo deve caminhar melhor assim.

22

É a diarista quem encontra, no dia seguinte, o poeta caído na escada. Deram por acidente doméstico. Engasgou-se com um comprimido para enjoo o coitado, cambaleou até tropeçar na escada e dar com a cabeça na quina. Desmaiou. O corpo ficou esquecido em casa até se esvair. A mãe de Gabriela volta antes da viagem, a filha volta da casa da avó. Iniciam os preparativos para o velório, minha mãe me chama para ajudarmos as duas de alguma forma, escolhemos roupas pretas para o enterro e termino o dia seguinte voltando sozinha da trilha perto de casa, enquanto Gabriela segue sozinha alguns tantos metros à frente. A morte do poeta sai com uma nota de pesar e uma poesia no jornal local. O paraíso nunca será de quem não lamenta seus velhos.

Chego em casa e decido pegar o violão para tentar distrair Gabriela. Toco a campainha e ela me recebe sem perguntas. Ela toma um banho enquanto eu espero no quarto e me sinto à vontade para vasculhar a estante em que se espalhavam livros, cadernos, canetas, quadrinhos, uma planta quase seca, uma pequena imagem de Buda, caixas de bijuteria. Uma caixa maior de madeira me chama atenção. Abro e por dentro se espalham uma porção de fotografias. Fotos de família, com a mãe e o pai, fotos de Gabi e Tia Lúcia em uma viagem para a praia, um retrato nosso na fazenda, com um pé de manga ao fundo, algumas fotos que tiramos na escola e uma polaroide que paralisou minha atenção. Minha mãe e a mãe de Gabriela seguravam o rosto uma da outra com as testas coladas e um sorriso que quase se desmanchava em um beijo pela proximidade. Um sorriso aberto, quase escancarado. Embaixo dessa, outro retrato quadrado. As mãos continuam segurando o rosto uma da outra, mas agora o beijo se concretiza com os olhos fechados.

Meu rosto queima por dentro enquanto um gosto ácido sobe em refluxo pela boca. Gabriela ganhou uma câmera para fotografar e revelar polaroides instantâneas quando completou doze anos. Uma que faria fotos como essas, que permitia que Gabriela pudesse fazer esse registro. Um objeto que Gabriela nunca me deixava usar com medo que pudesse deixar cair e quebrar. Uma câmera que parecia ter feito o registro de tudo o que me foi escondido e poupado por tanto tempo e que revelava não só fotos quadradas e instantâneas, mas a certeza de que Gabriela sempre soube de tudo e me punia com a raiva de quem não podia compartilhar um segredo e com a certeza de que a gente não poderia ser nada além daquilo que ela nos permitia ser. Uma proximidade tamanha sempre em busca de criar distâncias. Devolvi uma das fotos para a caixa e guardei outra o meu bolso, a do quase beijo com olhos abertos e bocas sorridentes.

A saliva ácida ainda me perturba a boca. Abro o restante da janela pra conseguir respirar um pouco e Gabriela entra no quarto enquanto meu corpo ainda tenta se recuperar da experiência de ter se partido em tantos fragmentos que parece impossível colocar tudo outra vez no mesmo lugar. Engulo o achado e decido também criar meu próprio segredo. "Tô passando meio mal, Gabi. Vou pra casa. O violão fica pra outro dia". Quantos fins de semana passamos juntas, as quatro, sem que eu soubesse? Quantas vezes eu e minhas incríveis aulas de reforço nos transformamos na desculpa perfeita para um encontro silencioso no quarto? Deixo Gabriela falando sozinha enquanto corro para o banheiro. Preciso vomitar. Vomito alto e sem disfarce. Enfio uma escova goela adentro para ajudar e o barulho é cada vez mais alto. Tia Lúcia, ou apenas Lúcia, ou apenas a amante da minha mãe ou apenas mãe da única pessoa por quem já me apaixonei na vida, bate na porta e oferece ajuda, remédios, um chá, qualquer coisa para acalmar o estômago. Mas um estômago não se acalma assim, não há chá que segure uma cambalhota interna como essa. Limpo o que sujei no banheiro com pedaços de papel higiênico, limpo a boca e abro a porta. Mãe e filha me olham apreensivas, como se colocar tudo pra fora fosse, finalmente, um alerta de preocupação. Digo que estou bem, só preciso ir pra casa.

Minha mãe revisa alguns textos na mesa da cozinha quando entro para pegar água e minha cabeça se revira para tentar encontrar pistas, imagens, caminhos, motivos, alguma suposição. Por que nunca ninguém me diz nada? Por que eu sou sempre escolhida para ser poupada e afastada de tudo? Quero entender quando começou, se ainda acontece, quero entender por que relações assim ainda se experimentam de forma tão obscura, como uma novela imprópria para menores e maiores, uma novela imprópria para todos. Deixo o silêncio ocupar seu lugar e me fecho em meu quarto. Decido deixar que o jogo corra, mas agora, com todas as cartas abertas na minha direção.

Alguma distância diferente aparece depois da morte. Gabriela e eu ficamos quatro semanas sem trocar uma palavra. Um constrangimento silencioso nos ocupou depois da declaração nas pedras, depois de deixar sair em voz alta aquele gosto de você pra caramba, depois da recusa, depois da primeira vez em que verbalizamos o que tentávamos fingir não existir. Nunca ficamos tanto tempo assim, sem falarmos nada a vida toda, até durante as viagens de férias e nos dias afastados de verão contávamos tudo, como na escrita de um diário compartilhado que se registra não no papel, mas na experiência do outro. Minha mãe me conta, com a mesma cara meio caída pela surpresa triste, a mesma cara que eu devo ostentar agora, que Gabriela e Lúcia vão sair de Baixo Paraíso. A morte do padrasto, tão próxima aos dezoito anos de Gabriela, tão próxima à formatura, tão próxima ao encerramento de tantos ciclos, fez despertar o desejo humano mais básico de começar tudo de novo. Gabriela vai estudar fora, fazer intercâmbio, encontrar, finalmente, os lugares diferentes que sempre desejou experimentar. E a mãe, na falta de jeito e de tato, na sobra de espaços que se colocam agora numa casa em breve vazia, decide também recomeçar. O interior de Goiás é agora, como sempre foi, esse espaço de transição para quem deseja algo importante, e a presença da morte me mostra, finalmente, que existem outras tantas coisas para além do espaço ocupado por um corpo e a ausência total desse corpo, não a diminuição de seu tamanho, essa sim pode fazer tudo mudar de lugar.

Minha mãe não consegue segurar um choro contido, saindo por um olho só, quando me dá a notícia. E o vazio que aparece se mostra muito maior do que aquele que seria deixado pela mudança de uma vizinha amiga ou pela mudança da mãe da minha melhor amiga ou mesmo pela mudança de uma grande amiga particular. A ausência que surge é outra e eu sei o tamanho do buraco que acaba de se rasgar.

Peço que minha mãe espere um pouco na mesa da cozinha, sempre embalada por uma toalha macia, estampada e colorida, e vou até o quarto. Pego a polaroide guardada na minha gaveta, desço em silêncio, coloco o retrato em cima da mesa e me sento na cadeira de frente para ela.

"Por que você nunca me falou nada?"

Minha mãe segura a foto e o choro, que logo some para deixar uma expressão neutra ocupar o lugar. Seu rosto parece vazio, assim como o silêncio, que ela não consegue quebrar.

"Vocês não tinham o direito de fazer isso com a gente. Vocês estragaram tudo".

Ela guarda a foto no bolso da calça e se levanta para pegar um envelope em cima do balcão. Não sabemos, ela e eu, falar muita coisa além do que já nos esforçamos para deixar fazer algum som do lado de fora, não sabemos dar as mãos, muito menos forçar um abraço. Mastigo um pedacinho da frente da minha própria boca enquanto abro o envelope, é um convite para a festa de despedida e dezoito anos de Gabriela. Entregue para minha mãe, endereçado também a mim. Na falta de uma frase, sigo a mastigar o canto da boca. Eu amo esse verbo. Mastigar. Mastigo tudo desde sempre, mordendo pedaços grandes, sujando os cantos da boca de molho, eu não sei beliscar, mas devoro.

O envelope da festa tinha textura e detalhes trabalhados. O convite, de um branco meio manchado, todo escrito em letras douradas com aquela caligrafia cafona de casamento. Um *flashback* para a temporada de festas de quinze anos em que não fui convidada e o convite chega assim, sem desejo, aos quase dezoito.

A vontade de ver Gabriela era maior que a vergonha de aparecer com uma roupa chique. Tudo parece tão distante e possível antes dos vinte anos.

"A festa é hoje."

Reviro o armário em busca de um vestido que me coubesse. Um azul de quando eu tinha vinte quilos a mais, um verde que me fazia parecer uma senhora, um conjunto de saia e blusa cor-de-rosa que marcava toda e qualquer curva do meu corpo. Suei enquanto experimentava o restante das roupas. Nada. Fui ao guarda-roupa de minha mãe e duas peças me couberam perfeitamente. Preencher aqueles vestidos pretos me fez entender que eu estava mais magra do que me lembrava.

Fomos as duas de preto, minha mãe e eu, como num segundo velório, celebrando o rito da dupla despedida. E nos acompanhamos na falta de orientação e sentido ao transitar naquele espaço. Um salão grande e muito decorado. Olhe as flores, Marília, as cortinas e as mesas com toalhas de cetim. Olhe, Marília, os garçons e suas bandejas com canapés variados. Olhe! Uma pista de dança, Marília, e taças com drinques verdes que soltam fumaça. Olhe os colares, os brincos e a varanda. Olhe as escadas!

Gabriela apareceu mais linda do que nunca. Os cabelos compridos e o mesmo sorriso de antes, acompanhados pelo corpo mais comprido e torneado que trazia nos últimos tempos, muito diferentes das pernas e bracinhos finos que carregava na infância. Desceu as escadas do salão com um vestido lilás muito curto e bem colado ao corpo. Passou a noite dançando e se dividindo entre diferentes amigos. Quem nos cumprimentou foi sua mãe, Gabriela não me falava tão de perto fora das nossas casas. Passei o restante da noite naquelas cadeiras, aceitando uma variedade grande de salgados, docinhos, pães, caldos e patês. Observei a pista de dança como quem assiste a um filme antigo e muito cheio de barulho, enquanto minha mãe se deslumbrava com cada descoberta nova na decoração.

Gabriela conseguiu uma bolsa de intercâmbio para estudar biologia marinha na Califórnia. Quatro anos de sol, mar e gente mais bonita do que eu poderia imaginar ver na minha vida inteira. Não nos veríamos por pelo menos quatro anos. Ou nos encontraríamos vez ou outra como pessoas que fizeram parte de uma vida antiga e parecem não saber dialogar com quem são agora. Ela escolheu como objeto de estudo a melhor possibilidade de pesquisa do mundo, o mar. O mar que nunca chegou nem perto desse centro de tudo, que inventou de ser cidade colada bem no meio da terra. O mar que faz salivar a boca de tanta vontade pra quem mora perdido no meio de um país gigante. Senti que minha possível aprovação no curso de letras era ainda mais desinteressante.

"Quer ser professora, meu bem? Parece ter jeito. Vai estudar onde?" "Aqui mesmo. Universidade do Paraíso."

Baita sacanagem distribuir esse nome pra todas as coisas. Paraíso mais perdido e cheio de poeira.

A mesma eletricidade desordenada me ocupando a cada encontro distante com Gabriela na pista. Tentei sentar em um ponto de fuga escondido por uma pilastra. Não queria ser vista ali. Paralisada na cadeira com o vestido preto bordado, emprestado de minha mãe.

Uma senhora finalmente desocupou a cadeira ao nosso lado e eu aproveitei para me servir de um prato grande com arroz, batatas e estrogonofe. Com a boca cheia, senti uma mão tocar meu ombro por trás da cadeira.

"Olha, Gabi, quem apareceu."

A mãe de Gabriela trouxe a filha até a mesa. Juntas formavam um retrato perfeitamente simétrico da passagem do tempo. Engoli o restante de carne e molho quente que ainda passeavam inteiros em minha boca. Senti que meu rosto e meu pescoço esquentavam com a mesma rapidez em que eu tentava me levantar e agradeci pela luz escurecida que preenchia o salão. Gabriela tinha cheiro de baunilha e me abraçou como se um pedaço de salsicha tentasse, num movimento contrário, envolver o pão. Os bracinhos finos tentando preencher a distância de um lado ao outro de minhas costas, que me pareciam sempre tão mais largas.

Lúcia e minha mãe se cumprimentaram como duas colegas antigas. Reproduziram uma coreografia desajeitada para encontrar o lugar do abraço e tive certeza de que se já tiveram qualquer coisa essa coisa já não existia mais. É preciso manter as aparências, permitir que as filhas desfilem por caminhos abertos e bem falados, sem o peso de carregar qualquer deslize imperdoável das mães.

Num movimento repentino e trêmulo, confundido nas minhas retinas pelas luzes multicores que rodopiavam colorindo os cabelos brilhantes ao meu redor, Gabriela me chamou para dançar. Um convite embalado pela vontade de se livrar do incômodo de minha presença constante e endurecida na cadeira. Éramos, eu e minha mãe, como dois pedaços de mármore desconfigurados e enaltecidos pela decoração da festa. Era preciso se livrar das figuras cômicas e sem objetivo, retomar a ordem cuidadosamente planejada que bailava entre saltos e pezinhos com unhas muito bem pintadas pelo salão. Paralisei. O suor nascendo na nuca, aquela ardência avermelhada retomando seu lugar cativo entre as bochechas e o pescoço.

"Eu não danço, obrigada."

E em meio segundo uma coreografia elaborada de improviso se organizou ao meu redor. A mãe de Gabriela, em seus cabelos loiros quase grisalhos de senhora bem apresentável, tomou minha mãe pelos braços e conduziu o passo até a mesa de mulheres de mais idade, solitárias e sorridentes a observar o salão. Gabriela me segurou pelas mãos e o contato com os dedinhos macios levou embora qualquer possibilidade de reação imediata. O braço da mãe de Gabriela repousava tranquilo nas costas da minha mãe, preenchendo a linha que segue entre as costas e o quadril. Fui conduzida até a pista de dança. A sandália de salto alto, ainda que grosso, se arrastando acompanhada pela falta de costume ao longo do chão. As pernas suadas pelo vaivém das coxas que se esfregavam entre o shortinho já embolado por baixo do vestido preto. No instante seguinte, eu tentava organizar os sentidos e o corpo, apresentado com nome e função, "minha amiga de infância", a uma rodinha de meninas ensolaradas em seus vestidos coloridos e cinturas altamente dançantes. Parecíamos não nos conhecer tão bem quando nos misturávamos entre os colegas de escola, guardando qualquer intimidade para quartos e cantos escondidos da luz do sol. Os cabelos ao redor saltavam conforme o ritmo dos ombros, que pulavam e se remexiam em todas as direções para conduzir o restante do corpo à música e minha maior vontade era beijar Gabriela na frente de todo mundo, antes que eu implodisse de uma vez de tanto guardar tudo e calcular cada passo. Os dentes apertando os cantinhos da boca, as línguas cantarolando pedaços de uma letra que eu nunca pude escutar, os pés acostumados deslizando sem pausas pelo chão escuro e meio molhado de suor e bebida.

Tentei improvisar, repetir os gestos, me disfarçar na multidão. O corpo endurecido me freava em cada movimento. Uma malemolência reduzida aos pés, que se abriam e fechavam em ritmo alternado, jogando as pernas para lá e para cá. Gabriela me segurou pelos ombros, cantando enquanto me incentivava a jogar os braços para cima. Um desastre. Uma bomba atômica ali, bem no meio do meu pulmão. Engoli o ar que escapava pela garganta e pedi trégua.

"Vou buscar uma bebida. Volto já."

Vomitei no banheiro, de bebida, de repulsa ou de nervoso. Vomitei depois de ter prometido a mim mesma que não faria mais aquilo, que aquele era um comportamento muito adolescente e eu já era quase adulta, aquele espaço de repulsa deveria parar. Era preciso entender que existem outras formas de resolver as coisas e que nem tudo a gente devolve assim, em digerir ou mesmo sem aceitar. Gabriela me segue até o banheiro e escuta o barulho dentro da cabine. Dá dois toques na porta e eu paro.

"Tá tudo bem por aí, Marília? Precisa de ajuda?"

Fico em silêncio e me sinto ridícula, como se eu tivesse outra vez dez anos e tentasse atravessar uma longa distância de biquíni enquanto a barriga teimava em balançar, como se eu tivesse outra vez doze e puxasse pra frente um pedaço de camisa que marcava o corpo, como se eu tivesse outra vez quatorze e confessasse que nunca tinha beijado nenhum menino, como se eu tivesse outra vez quinze e arriscasse tentar usar um vestido emprestado de Gabriela, como se meu corpo, em pleno banheiro sujo de festa, estivesse completamente nu. "Tá tudo bem, logo saio, não precisa me esperar." Eu me sento no vaso sanitário para tentar escutar a ausência total de barulho no banheiro, me sento para esperar ficar sozinha e poder sair daquela cabine e limpar a boca suja, escorrer o nariz que pega um pouco das sobras, passar água no que tiver respingado no vestido. Mas o banheiro da festa é um vaivém de pessoas, alguém sai, alguém entra, alguém dá outra descarga, alguém liga mais uma vez a torneira, alguém dá uma batidinha na minha porta, alguém ri, alguém se diz muito bêbada, e eu espero. Encosto a cabeça na parede gelada e fecho um pouco os olhos, me imagino em outro lugar, me imagino deitada na pedra quente de uma cachoeira gelada, o corpo se aquecendo pelo sol enquanto a queda d'água faz um barulho que parece canção de ninar. Não sei quanto tempo se passa dentro da cabine, mas o banheiro agora parece estar em silêncio e arrisco destrancar a porta.

Uma menina retoca o batom vermelho em frente ao espelho e me olha pelo reflexo com uma expressão retorcida. "Tá tudo bem?" Tudo sim, vai ficar. Ignoro a presença da menina bonita que não tem nenhuma pressa em retocar a maquiagem e começo a me limpar. Limpo a boca, a garganta, o nariz, os olhos e, com o barulho constrangedor que fazem os buracos do corpo, ela finalmente decide se apressar. O banheiro agora está vazio. Eu me organizo o quanto é possível, procuro minha mãe e nos obrigo a ir para o lado de fora, antes que o esperado momento dos parabéns comece e me obrigue a passar ainda mais tempo aqui. Não consigo me despedir.

Demorei horas até conseguir pegar no sono.

Memorizo: esquecer as coisas todas não ditas – naquele não silêncio – enquanto o corpo se ocupa de planejar outras. Fazer planos. Viver grande, ainda que nos dias pequenos. Fazer planos para tornar os caminhos pequenos possíveis. Fazer planos antes que o corpo perca vocabulário. Anotar, num papelzinho, aquele sossego no estômago e jogar dentro do pote da felicidade. Observar o quanto tudo acalma – ainda que o peito pule – depois da lira desordenada dos dezoito anos. Não é bom quando pula? Viver no instante desse susto.

Veja, não era amor aquela ferida sempre aberta. Essa sim, com a casquinha grossa que não sai mesmo que a gente puxe pelas beiras. Como é bom cutucar esse pedaço desacostumado e levantar a primeira ponta. O corpo sempre começa pela beirada.

Vai ver o triunfo de antes, dos anos desordenados, fosse mesmo esse. Entender, em tudo, imensidão.

Hoje, nosso impulso é não cair.

AUTOESTRADA

23

Existe algum alívio no corte brusco do fim, na impossibilidade de imaginar que as coisas sejam diferentes. Descobrir outra vez a cidade, agora sem Gabriela, perdendo agora a possibilidade de ser quem eu pensava ser quando estava ao seu lado. O amor, a paixão, ou o que quer que seja que nos deixe assim deslumbrados, tem essa capacidade de nos fazer enxergar nossos próprios passos tão banais e cotidianos como uma caminhada bonita, prazerosa, imensa. Estar com o outro é também essa possibilidade de ser alguém. De ser a menina que enfrentava o medo para se dependurar nas árvores, de ser quem treinava com ainda mais afinco a montaria para mostrar destreza, de ser a adolescente que caminhava pela rua de noite, abraçada a uma garrafa de cerveja e à sensação de completude ao ser vista abraçando outra mulher, eu queria nos mostrar ao mundo.

Chamei minha mãe para fazer uma trilha fácil antes que começasse o primeiro semestre letivo na faculdade pequenina com tão poucos cursos à disposição. Comecei a me aproximar cada vez mais das trilhas, aumentando de nível, percorrendo distâncias maiores e reforçando o único espaço possível onde eu sabia caminhar sem medo. As caminhadas cada vez mais intensas também me ajudavam a manter o corpo na proporção que eu considerava certa e me ajudavam a esquecer um pouco da apatia que consumia minha mãe agora, entre panelas, correções de provas e faxinas em casa. Mas agora era início de ano e todo início de ano cria essa possibilidade de recomeço. Antes dessa vontade de fazer alguma coisa diferente, tive um primeiro mês difícil e estranho, mastigando sempre coisas duras para ajudar a digerir o corte brusco com o passado. Gabriela não deixou comigo o número de telefone novo e apesar de tentar alimentar a ideia de que do outro lado ela também se desgastava em falta e saudade, no fundo eu sabia que ela só queria silêncio e distância. O início desse ano trouxe também o corte com algum futuro que eu teimava em fantasiar. Ando a deixar crescer coisas pequenas que não me pareciam tão importantes e qualquer minuto mais parado e banal me faz entrar numa espiral desenfreada de memória. Os dedos passeando pelas suas costas, você comigo naquele quarto escuro, o dia amanhecendo nas suas pernas.

Volto ao tempo presente. É preciso negociar constantemente com a cabeça para seguir aqui, para impedir que ela comece a transitar outra vez pelo caminho lodoso das suposições. Então me obrigo ao movimento constante e ao menos o corpo parece se aproveitar, ao menos ele sabe que há algo de importante e essencial aqui, ele sabe que se porta diferente quando experimenta outra vez o mergulho pelo cerrado. Por aqui não há mar nem horizontes de areia, mas são as cachoeiras caudalosas e as subidas em morros de pedra que me fazem aterrar. Manter os pés na terra antes que a cabeça se perca. Esquentar as costas no sol quente e continuar a caminhada sabendo que a única preocupação possível é se ainda há água o suficiente para manter a hidratação.

Inicio a trilha pequena com minha mãe, que

teima em dizer não ter mais idade para essas coisas. Esse lugar é cheio de pedras místicas, mãe, tem alguma energia mais forte que vai te ajudar. Dizem que essa Chapada está localizada por cima de uma reserva gigante de quartzo, permitindo transformações impensáveis. Caminhamos em silêncio por boa parte do tempo e o único barulho presente é o som conhecido e crocante dos pés amassando o mato seco e as folhas endurecidas. Minha mãe segue em frente e é a primeira a ter coragem de falar, num rompante de voz que se derruba num jorro comprido guardado por anos.

Eu queria ter te contado sobre eu e Lúcia, Marília, eu juro que queria. Mas você já tinha tanta coisa pra enfrentar aí por dentro. E Gabriela descobriu por acaso, não fomos nós que contamos não, eu te prometo, jamais ia esconder algo assim, só de você, por escolha premeditada. Gabriela nos viu juntas num dia de descuido na casa do seu avô, quando tudo já tinha ido longe demais para retroceder. E era tão bom, Marília, era tão bom ter alguém que me fizesse sentir viva de novo e Gabriela teve raiva, mas soube se adaptar, ficou em silêncio, não quis conversar com a mãe, mas guardou segredo. Imagine, Marília, que tremendo escândalo arrumaríamos nesse buraco de mundo se alguém soubesse. Imagine, Marília, duas coroas atrevidas e assanhadas, iriam dizer, e imagine ainda o risco de perder vocês duas da gente, você e Gabi. Foi assim o único jeito de continuar. Mas não pensei que a morte do Walter despertaria um rompante desses em Lúcia. Essa vontade de largar tudo pra trás. Vai ver é genético, ou mãe e filha se influenciaram também na escolha de mudança como único caminho possível. Como é que eu ia imaginar uma coisa dessas, Marília? A gente não imagina e vai vivendo como se sabe com o que acontece da gente. Depois da primeira vez não tem mais volta, depois que a gente descobre a imensidão das coisas, não há jeito, Marília, não há quem consiga voltar atrás e esquecer de vez o que aconteceu.

Sigo em silêncio. Nenhuma palavra me chega até a boca. Gabriela sabia. E se não soubesse, as coisas todas teriam sido diferentes?

24

E enfim começo o primeiro semestre de aulas dessa fase em que tudo ao redor nos diz para querer ser alguma coisa. Quis ser aeromoça, atriz, compositora, qualquer coisa que me permitisse caminhar um tanto mais longe. Eu me esforçava entre os corredores da faculdade de Letras enquanto o mais perto de todo desejo infantil era tocar as cordas novas do violão. Dizia a todo canto que não seria professora. Aos dezoito anos, guardamos essa vontade de rompimento que nos parece tão única e especial, uma recusa a trilhar no futuro os passos de quem se aventurou no passado, não queria seguir a carreira da minha mãe, não queria ser uma sombra, um rastro de continuação interminável nesse mesmo canto de mundo. Tentei descobrir outras possibilidades, enquanto aprendia a traduzir trechos de francês e alemão. Uma espécie de volta ao mundo sem sair das paredes do meu quarto. A pronúncia de cada vocábulo diferente me mergulhava na experiência de caminhar de longe as ruas de Paris e Berlim, conhecendo moradores locais ao criar diálogos imaginários. Enquanto o que me ocupava era uma vontade imensa de largar computadores e papéis, pastas, planilhas e revisões, enquanto eu mesma pudesse caminhar por cada lugar imaginado.

E me vinham provas, cadernos, receitas, panelas, louças, corridas e parques e outra vez era janeiro, quando o fôlego inspira outro ar na barriga e a gente tenta entender quando vai ser especial e pleno e grandioso de uma vez. Há tantas formas de começar janeiro, tantos jeitos de deixar passar um ano a partir do rastro cotidiano das repetições. Regando dois vasos de plantas perto da janela, observando de cima o jardim, enxugando o rosto para espantar uma ressaca, oferecendo a vez para passar o café. Minha mãe se acostumava ao vazio repentino das férias escolares e chamava a vizinha para conversar na praça, colhia frutas no mercado, remexia outra vez a panela de feijão e sorria sozinha de um programa na TV da tarde, regava as flores e arranjava cortinas novas para a janela. E se a gente não espanta os olhos é outra vez janeiro, com os dias se aboletando pela displicência do costume. E eu nem queria me acostumar.

Perdi mais seis quilos no primeiro ano de faculdade, comia pouco e caminhava muito, ganhei quatro alguns meses depois e perdi dez antes que o segundo ano pudesse terminar. Logo me acostumei a modificar as medidas em um ritmo frenético, um eterno vaivém me impedindo de entender que tamanho de corpo eu experimentava, que espaço era possível de se ocupar. Aprendi a me desgostar assim, pendulando.

Sempre indo e vindo.

A uma menina é preciso mostrar todas as janelas, antes que lhes pareçam altas demais. É preciso mostrar portas, fechaduras, chaves e cadeados, antes que se percam entre brincos e anéis. Hoje eu não me alcanço. Gostaria de ter visto antes as janelas. Gostaria de ter aprendido a abrir e fechar todas com a mesma intensidade. É preciso falar às meninas sobre as saias levantadas por um sopro de ar ou de mão qualquer e também da revolução que se inicia por elas próprias.

É preciso ensinar para que não permaneçam com os olhos distantes e eternamente desconhecidos na janela do oitavo andar.

Mantenho o olhar fixo na janela aberta do prédio da frente. Quero gritar e a vida me implode.

Ainda observo.

Quantos universos podem se desprender de um mesmo fato? Escrevo num bloco de notas como quem se eterniza em qualquer janela de qualquer cidade. Quero montar uma peça que diga apenas o meu nome. Um egoísmo heroico.

Uma quase eternidade.

Entre as versões da história, uma teia de lembranças preenche o palco. Objetos, símbolos e cartas se acumulam para mostrar as curvas, erros e acertos de cada caminho. Nem deixo abrir as cortinas.

A menina descuidada de antes abriu espaço para um olhar mais próximo, em que um abraço curto é possível antes mesmo de encostar as mãos. Não sei porque nos mantemos, mas a verdade é que, com o tempo, as coisas melhoram.

Como se Gabriela aceitasse que também gosta da minha procura e a gente aproximasse o corpo aos poucos, centímetros por ano, numa vontade acumulada que aos poucos parece me ameaçar. Quero pensar que Gabriela hoje é um fascínio reconhecido, não mais um delírio. Quero saber em que espaços se desdobrou a vontade que disfarcei antes por outros nomes. Nada disso é esse desespero que a gente tem quando nos ataca a vontade e eu sei que hoje ela tenta, tenta. Gabriela tenta me suprir o tempo deixado de lado, tenta me convencer de que nunca foi diferente e eu acredito, quero acreditar. E o que vão dizer de mim? Sempre quero saber.

Preenchia as tardes mais solitárias com um dedilhado meio perdido no violão. Nada melhor para inventar companhia do que investir o tempo em uma coisa assim à toa, sem preocupação. Aproveitando a adolescência tardia das noites de sábado, me arriscava a inventar versinhos, lembrando sempre que a gente podia ser linha fácil como um De manhã cedinho, tudo cá cá cá, na fé fé fé. Cabe muito arrependimento em um mesmo refrão.

Dedilho o próximo verso como quem chupa uma manga madura demais para tentar cortar. É preciso lambuzar o rosto, sujar as mãos, pingar na roupa e tentar se livrar dos fiapos. Chupar até o caroço. O suco escorre pelos braços enquanto os pedaços ocupam a garganta. Um retrato delicioso e pornográfico. Como um retrato de Gabriela. Não sei desassociar.

Tinha esse beijo com um gosto de manga. Do suco ao caroço. Hoje não sei de sabor. Ou finjo que me esqueci. Tem dessas coisas que a gente finge que esquece com a idade. Esquecer para liberar espaço. Uma urgência de se dizer

Feliz?

Antes eu sabia melhor ser triste. Abria um berreiro por nada. Rasgava o verbo no diário, ficava de mal por um dia. Depois passava. Hoje a gente finge esquecimento. Levanta da cama sem pressa e vai ver o sol lá fora. Olha que lindo, ele se abrindo todo no quintal. Lava louça para passar o tempo. De repente é fim do dia.

Sempre sonhando vontades.

Tem um apanhado de coisas pequenas que se juntam até montar quem a gente é. Um pedaço grande de meu é essa barriga que sobra e essa vontade de tomar iogurte que não passa nem com promessa ou comilança embriagada de uma vez só. Era eu sentir o cheiro do iogurte de morango e a boca começava a salivar. E hoje nem iogurte eu posso tomar. Outra vez temporada de encolhimento. Fico só olhando. É como se eu merecesse só coisa pequena. E dentro da gente vai juntando uma raiva. Raiva agora que também é um pedaço bem grande de mim. Raiva que se mistura a esse desejo com gosto de morango e eu vou só passando vontade. Os pés de minha mãe arrastando outra vez em ritmo de batuque lá na sala.

Acho uma nota no diário antigo, uma nota escrita em uma frase só: *depois de cair, o pai sumiu*. Não falamos sobre o assunto por muito tempo lá em casa. Criança, eu escolhi fingir esquecimento, enquanto minha mãe escolhia fingir que nada de muito diferente tivesse acontecido. Passamos alguns dias mais caladas e algum estranhamento se espalhava pelos cômodos no primeiro mês. Eu me sentava pra brincar com os talheres na mesa da cozinha enquanto ela mexia as panelas e inventava ou repetia algum prato. Macarrão com carne moída ou carne em cubinhos com cenoura e batatas, talvez. Às vezes ela cantarolava uma música com as frases quase inaudíveis, em outras ligava o som e sintonizava na rádio que só tocava música brasileira. Eu fingia cantarolar também, inventando trechos que não me apontavam nenhum significado, acontece que eu detestava ficar em silêncio naqueles dias e ter que dizer, sem preparo, alguma coisa importante. Um dia minha mãe me pediu ajuda para uma organização geral no quarto. Abrimos os armários, recolhemos papéis e sacolinhas antigas, recibos, bilhetes de viagem, juntamos em cima da cama, bem dobradinhas, as roupas do meu pai. Organizamos tudo em caixas e sacolas com etiquetas pra indicar a estação, eu achava isso tão divertido, uma roupa ter estação. Na mesma tarde levamos tudo para doação, alguém vai aproveitar muito isso tudo, Marília, e aproveitamos o restante do sol para caminhar e tomar sorvete de flocos. Acho que aquele foi o jeito dela me dizer que seguiríamos, sempre, só nós duas.

25

Descubro outras formas de viver Baixo Paraíso. As trilhas cada vez mais presentes e desafiadoras ganham mais espaço em um novo trabalho de meio período. Estudo de tarde, guio turistas pelas matas, travessias, pontes de pedra e cachoeira no início dos dias. Sempre há quem queira experimentar as travessias, se desafiar a algo novo. E o trabalho de guia é perfeito em sua não necessidade de aprofundar relacionamentos. Sou a guia interessante, simpática e cheia de histórias por três ou quatro horas e, depois disso, não preciso ver aquelas pessoas nunca mais. É possível ser incrível num limite de três horas.

Os grupos diminuem no inverno. Mesmo que o inverno seja quase inexistente em Baixo Paraíso. Basta o sol deixar de rachar um pouco a cabeça para todo mundo tirar do armário as roupas de frio. Um desfile europeu em plena festa junina. Casacos com pelos falsos na gola, botas compridas, luvas e cachecóis. O figurino do cerrado despontava mudança a qualquer grau a menos. E dá-lhe pular fogueira. Estava há meses sem nenhuma caixa de comprimidos nova. E no lugar me enfiava em trilhas, roía unhas, arrancava pequenos fios de cabelo, subia pedras, pulava corda, tudo que pudesse me distanciar da ausência de movimento, que é quando os pensamentos tomam lugar.

Enquanto isso, eu regava a garganta com mais quentão pra esquecer a mistura de vergonha e saudade. Já ouviu dizer que só um vício acaba com outro?

Antes de dar a primeira mordida, decidi dar o primeiro gole. Enganava a fome com o estômago enjoado pela obrigação de beber. Mantive o peso. Enquanto a bebida diária virava a única opção, ainda que sem grandes exageros. Uma confraternização interna constante disfarçada pela displicência dos anos de universidade. Vinte quilos a menos e eu era a nova sensação na cidade. Ninguém se importa que você beba muito ou vomite ou coma só comida enlatada, ninguém se importa que a roupa esteja velha ou a unha roída ou o cabelo meio estragado. Contanto que esteja magra. E ande displicente e delicada e tenha medo de ficar sozinha e caminhe silenciosa. Ainda está linda, olha essa saboneteira, sempre quis uma assim. Por fora, nunca importava o poço em que eu me enfiava por dentro. Todo mundo me dizia linda e eu aprendi a adorar tanta atenção. Queria ser vista. Lembrada.

Eu já tinha emagrecido outras vezes. E engordado. E emagrecido e engordado. Mas nunca tanto. E me viciei em saber que meu corpo era tão atraente aos outros agora. E encolhia os ombros pra ressaltar as saboneteiras enquanto puxava o ar pela barriga e escolhia uma roupa que mostrasse o quanto eram deslumbrantes minhas novas pernas.

Depois de meses, Gabriela me enviou uma mensagem para anotar o número novo. Telefonei pela primeira vez. Sem avisar. Mandei antes uma foto de corpo inteiro tirada no espelho, coloquei até um biquíni pra mostrar. E liguei. Gabriela disse que se estivesse aqui me daria uma mordida de tão gostosa que eu estava e eu quis saber onde e ela disse gargalhando que eu teria que esperar ela chegar. E conversamos por duas horas enquanto Gabriela falava com a voz ainda mais solta e dizia que o mundo era imenso depois dos portões de Baixo Paraíso. E me contou das aulas e do caminho que fazia de bicicleta, o sol lindo e aberto feito aqui, mas menos seco, e as árvores lindas e verdes e grandes e retas, Marília! Nada dessas árvores tortas que fazem a gente entortar a cabeça aí em Goiás. E disse que eu devia aproveitar enquanto ela não voltava para visitar um dia, mas a passagem é cara demais, Gabriela, quem sabe um dia.

Eu sempre quis voltar pra infância. Ou, pelo menos, encontrar o ponto certo que pudesse me levar a outro lugar. A gente sempre pensa que existe esse ponto único. O tropeço exato que trouxe até aqui, e não até o lado de lá, mas esse ponto não existe. A gente vai combinando tropeços e quedas e voltas e suspensões até que o corpo ocupe outro espaço e se enfureça em busca de um lugar vazio. A infância é isso, a possibilidade do lugar vazio. E não é essa a coisa mais incrível de todas? Poder se permitir não ocupar nenhum espaço.

Tento me limpar do passado, esquecer a bancada fria da cozinha, o corpo deitado enquanto a cabeça se defendia passeando por outro lugar, a língua áspera, o cheiro azedo. E a lembrança me seca a boca. Cada vez mais seca, grudando em seus próprios espaços, a boca branca, a língua amarga. O peito dançando rápido demais, uma ânsia na garganta, subindo uma vontade de gritar e o mundo fora da janela um pântano abandonado, só eu, caindo, sem pressa, caindo, sem terminar, o ar faltando e o peito puxando ar demais, um esgotamento era ar de mais ou ar de menos?

Deito. Os braços pra cima. Fecho os olhos. Esqueço a respiração e ela volta. Olho para o quarto e presto atenção, digo que coisas estão no quarto. Uma mesa, a cama, uma luminária, os livros, estantes, a janela metade aberta, a colcha macia por debaixo das costas, a almofada na cabeça, é azul eu me lembro, um computador, sapatos. Vou listando tudo e o corpo vai voltando a se equilibrar. Bebo água, muita água. Deito de novo, espero, mais um pouco. Pronto. Melhor ir pra outro lugar. Tomo banhos demorados quando me vem um rompante assim de memória. Esfrego o corpo com a bucha mais áspera pra tentar limpar. Deixo a água quente, o banheiro se transformando numa pequena sauna e a fumaça tomando conta de tudo, a pele vermelha com a temperatura cada vez mais alta, a bucha esfregando forte e aumentando a vermelhidão, as unhas que arranham um pouco junto com o sabão na tentativa de tirar pelos dedos cada molécula antiga de sujeira. Memória nenhuma a gente limpa com espuma e sabonete, mas os banhos me faziam sair um pouco mais leve, como se ao menos alguns pedacinhos tivessem escorrido pelo ralo e logo nada daquilo restaria no corpo que tenta se orientar. Lembro do rio. E do quarto fechado que a gente inventou pra saber o nome das coisas.

Tenho vinte anos e guio um grupo inteiro pelo mato. Depois da montaria, em anos, isso é o que me faz sentir incrível por alguns instantes de novo. Dez pessoas seguem meus passos. Falo sobre as flores e os sons da floresta. Mostro a textura diferente dos troncos e sementes. Aponto raízes e folhas de Mangaba que podem curar cólica e hipertensão. Apresento a Cagaita, a Sucupira e suas sementes medicinais. Ensino a desviar de pedras e a buscar abrigo nas sombras. Imito o som de um passarinho e oriento silêncio para escutar o resto. Mostro a cachoeira vista de cima, conto seus metros de altura e explico onde fica a nascente. Aprendo a me sentir forte como as árvores que mostro pelo caminho e me oriento pelos passos que aprendi a pisar. Mais um ano se passa e algo se modifica entre minhas pernas e os portões invisíveis de Baixo Paraíso. Eu puxava pela memória, sabia que alguma coisa tinha mudado aos dez anos. Reli diários, lembrei de passeios, das visitas na fazenda sem o meu pai, dos piqueniques que inventávamos no parque, de quanto parecíamos uma pequena família disfuncional, minha mãe e eu, mas um pouco mais feliz, depois que me tornei amiga de Gabriela. E depois que minha mãe se tornou amiga de sua mãe. Éramos duas duplas com dinâmicas diferentes e particulares. Gabriela me alfinetava, testava limites, me fazia provar a estranheza que ela mesma tinha provado ao descobrir o novo escape de sua mãe.

Relia o diário, tudo tão visível. "Hoje Tia Lúcia me deu outra boneca nova de presente, ela fica muito feliz com as aulas que eu dou para a Gabriela." "Ontem minha mãe levou todo mundo pra fazenda outra vez. A gente fez uma fogueira de noite e a mãe da Gabriela contou histórias até tarde." "Hoje a Gabriela puxou meu *short* quando eu tentei subir na árvore e tive tanta vergonha que caí enquanto tentava me arrumar." "Hoje minha mãe disse que era um dia especial e fez bolo de cenoura enquanto a mãe da Gabriela fazia cobertura de chocolate. Ficou uma delícia e me deixaram comer dois pedaços grandes."

A mãe da Gabriela parecia ter se transformado numa nova chance às escondidas depois que o casamento da minha mãe acabou. Do outro lado, minha mãe se transformava no apoio perfeito para que a mãe de Gabriela seguisse com o casamento sem tanto sufoco.

Vejo uma sequência nova de fotos de Gabriela pelo celular. Ela abraça um cara, ela e o mesmo cara assistem a um show, ela e o cara andam de bicicleta, brindam uma taça de vinho, fazem pose numa ponte e por trás passa um rio, ou um lago, que aquela água parecia parada demais. Os dois se beijam na última foto da sequência e pareço presa a uma espiral que me faz saber de tudo apenas pelo registro do que já foi. No início sinto meu rosto ficar vermelho e tudo é quente por dentro. O nome dele é Rafael e quero que Rafael seja um cara horrível, quero que tenha falas estúpidas e que não saiba nada além do limite mais raso das coisas, quero que Gabriela se arrependa por ter se deixado levar tão fácil, como é possível que tudo se encaminhe de outra forma tão rápido? Fecho a página de fotos, me prometo não ver mais.

Arrumo minha mochila para a faculdade, como um pedaço de pão com queijo quente, escovo os dentes e deixo o corpo se agarrar aos espaços banais numa sucessão de minutos que logo viram horas e dias e meses, numa repetição que parece não se importar com essa temporada de chuva quando a vegetação fica imensamente verde e as árvores soltam pingos grossos de água nas costas da gente e um fio persistente de água corre pelos níveis mais baixos da rua e deixam os pés para sempre umedecidos nas sandálias abertas.

Também quero conhecer um cara e fazer registros banais. Hoje me forço a observar cada um, a selecionar um rosto menos desconhecido ou desinteressado. Muita gente passa apressada ou sorridente pelos corredores da faculdade e eu também sei colocar um sorriso muito simpático no rosto, sei erguer a coluna e andar mais leve. Mais uma aula de semântica e se a gente realmente pudesse experimentar, na prática, a mudança de significado que cada palavra ou expressão ganha em contextos diferentes, muitos problemas estariam resolvidos. O tempo e o espaço também promovem mudanças no sentido e eu tento entender se a linha de retalhos que eu mesma juntei entre memórias, anotações, fotos e frases mal construídas tem um tom ordenado ou são também mais um emaranhado de problemas de semântica.

Encontro um colega de turma que parece me olhar mais demorado e sento por perto. Almoçamos juntos no fim do período, combinamos um açaí na sorveteria mais tarde e termino a noite em uma cama desconhecida de um quarto apertado. O tempo passou rápido e indolor, o encontro não é ruim, mas minha cabeça se demora em outro lugar. Repetimos os almoços, os açaís e as noites apertadas algumas vezes. Combinamos uma viagem para as cachoeiras da cidade vizinha no feriado e vamos no carro de um casal de amigos. Tento não pensar na comida ou em não medir o tamanho das porções ou em não tentar dissecar cada nutriente durante os passeios, mas tentar não pensar já é um pensamento e esse é mais constante e demorado que todos os outros.

Compro um presente para Gabriela na lojinha de artesanato, digo que é pra mim, guardo numa gaveta do quarto onde já guardei outros presentes inúteis que nunca terei coragem de entregar por achar o desejo de demonstrar que ainda me importo ridículo demais. E os presentinhos se acumulam. Um chaveiro em formato de Kombi, uma garrafinha com areia colorida, um colar transparente com uma árvore de pedrinhas no centro. Os encontros se repetem e eu me canso, peço para ficar sozinha, preciso descansar, encerramos as saídas sem grandes emoções. Repito o mesmo ciclo com outras pessoas, os encontros parecem me desviar um pouco dos pensamentos de sempre e, apesar de tentar me esconder um pouco entre cobertores e as melhores poses, percebo que meu corpo também transita sem grandes sustos por aquele espaço.

Era tão mais fácil sair, conversar, iniciar, seguir e terminar quando eu não me preocupava realmente pela outra pessoa e era tão mais fácil seguir assim, sem grandes sustos ou arrependimentos, empurrando o corpo num mergulho em um lago rasinho, de onde é possível enxergar tudo sem esforço, sem precisar dar grandes braçadas para se manter na superfície. Estudo linguística, morfologia e sintaxe. Mergulho na palavra como se elas pudessem me explicar algo que perdi na passagem rápida do tempo, como se cada palavra fosse uma pecinha ordenada do labirinto em que a gente se mete, eu tentava lembrar as palavras que já disse e as que me foram ditas. Por quais palavras me tornei obcecada? De que palavras tomei distância e que diferença isso pode fazer na vida de alguém?

Eu passava cada vez menos tempo em casa, enquanto tentava entender a escolha do silêncio de anos da minha mãe. Mas era difícil me desviar da ideia de que tudo teria sido diferente com Gabriela, de que tudo teria sido mais fácil, de que ela poderia querer seguir sem segredos e que a gente não teria se construído assim a partir de costuras tão esquisitas e cheias de pontas soltas. E me parecia tão egoísta que minha mãe me anulasse assim a possibilidade de começar algo incrível tão no início da vida, mas também eu me achava egoísta por não aceitar que ela começasse algo também incrível já depois de ter caminhado e se poupado tanto de tudo. A temporada de chuva seguia em quedas d'água imensas que faziam a gente precisar se afastar da cachoeira e os grupos de trilha eram tão escassos nesse tempo fora da seca e assim o ano seguia sem pressa.

26

Quatro anos é tempo suficiente para se esquecer de tudo. Quatro anos devem ser suficientes para esquecer um amor e começar outro, é tempo suficiente para mudar de emprego ou cidade, para mudar de corpo e opinião, para casar, ter um filho, mudar tudo, fazer viagens. É tempo suficiente para saber que às vezes não se esquece alguma coisa mais profunda assim, mas se coloca por cima um pano quente para apaziguar a passagem do tempo. É tempo suficiente para juntar algum dinheiro, planejar uma viagem pós-formatura, é tempo de sobra para desejar uma viagem sem volta.

A campainha de casa toca numa tarde quente de sábado enquanto eu rego plantas e planejo um mergulho na manhã de domingo e minha mãe faz a feira algumas ruas abaixo. Abro a porta, Gabriela com os cabelos mais claros, um corpo esguio num vestido azul, um sorriso grande e uma pele mais bronzeada, abro a porta e Gabriela parada, sozinha, na minha frente. Terminamos os cursos. Descubro que a passagem do tempo, ao contrário do que eu pensava, faz a gente se aproximar e se desculpar um pouco pelas coisas, mas não faz a gente se transformar em alguém completamente diferente. Depois de tanto tempo, Gabriela ainda me faz apertar um tanto as entranhas. Não sei o que dizer, então dou um abraço forte. Ela retribui. E nos abraçamos num aperto sem espaço para que uma linha passe entre nossos peitos e pulmões. Eu cheiro o pescoço e o cabelo espesso de Gabriela. Deixamos o abraço durar mais um tanto e eu não sei se seguimos assim pela falta de vontade em soltar o corpo ou de iniciar uma conversa. Gabriela entra. Está de férias por algum tempo até decidir o que fazer da vida. Foi passar uma temporada na casa da mãe, agora em Goiânia, e aproveitou para esticar até aqui e matar a saudade que tem de Baixo Paraíso. O namorado, que é de São Paulo, também foi passar umas férias na casa dos pais, mas já tem trabalho garantido na Califórnia.

"Ainda tô pensando no que fazer, Marília, queria passar um tempo e passei, mas não sei se tenho vontade de morar por lá."

Ele vai passar um tempo lá em São Paulo, depois passa por aqui uns dias pra conhecer o lugar. É um cara de cidade grande, não sabe nada daqui. Tento fingir algum interesse pelo assunto, mas meu corpo ainda tenta organizar o próprio ritmo e não consigo formular muitas frases. Minha mãe chega em casa e me tira do transe. Espalha frutas e verduras pela mesa da cozinha, abraça Gabriela, pergunta tudo o que pode sobre o curso, a viagem, o tempo fora, as praias, o sol, a língua nova, você fala fluente, vai morar lá, já está trabalhando, do que mais gostou, sentiu falta da gente, vai dormir aqui hoje? Gabriela reservou uma pousada por perto, diz que é pra não dar trabalho e espalhar suas coisas com mais tranquilidade. Minha mãe pede que ela espere então ao menos fazer um bolo de laranja com as frutas fresquinhas que acabou de comprar.

Uma semana antes, comi três caixas de lasanha daquelas que vêm prontas acompanhada de minha mãe que dava garfadinhas vagarosas pequenas e delicadas para disfarçar o medo da minha rapidez. A boca suja de carne moída e três respingos de molho avermelhado na roupa enquanto eu pensava no que fazer agora que o curso já havia terminado e eu não me enxergava como professora ou como coisa alguma que precisasse de tanta concentração estática, eu preferia movimento. Minha mãe tentava me orientar de alguma forma, mas eu não queria pensar no futuro, hoje eu só queria comer outro pedaço de lasanha.

Não precisa ter medo de tentar de novo, Marília, você é nova, tenta. Faz outra faculdade se quiser, vai pra outro canto se tiver vontade, eu ajudo. Já estou acostumada com a vida aqui, tenho as aulas e a casa, você não, você não precisa se acostumar, não é tempo que eu saia por aí voando, Marília, mas você sim. Não precisa ficar aqui colada comigo, não precisa me cuidar, filha, você pensa que precisa, vocês sempre pensam, mas eu me viro. É preciso ir quando ainda se tem vontade, sabe?

Respiro mais devagar e me sento no sofá com Gabriela, ainda tento construir em mim alguma espécie de naturalidade e sei que a falta de jeito deve estar aparente. Gabriela diz que quer fazer uma trilha, que já não aguenta de saudade de dar um mergulho na cachoeira mais gelada e sair pulando com o susto do corpo frio. Ela sabe do meu trabalho com os grupos, sabe que eu vou gostar de sair como guia. Sugiro uma trilha longa do Parque, uma em que a gente precisa acampar. Eu cuido de tudo, da barraca e dos equipamentos. Descansa bem hoje, dorme bastante, e a gente já faz amanhã. Ela gosta da ideia e promete ir arrumar a mochila e relaxar o corpo assim que minha mãe terminar o bolo. Comemos as três juntas na mesa da cozinha e a casa inteira cheira a calda de laranja. A massa está quentinha, fofa e um pouco úmida do suco que minha mãe coloca pra deixar a textura leve e molhadinha. Eu passo um café pra acompanhar e todas nós repetimos o pedaço. Tudo tem a mesma cor, o mesmo som e o mesmo cheiro de antes. Gabriela se despede e eu vou para o quarto. Preciso me deitar.

Aquela conexão com o passado me atravessa de alguma forma e eu, que pensava já ser tão outra, tão fácil, tão sorrisos no corredor, tão diferente, tenho uma necessidade imensa de me conectar com algo daquele tempo, algo que me faça saber outra vez falar como a menina que fui. Vou até o banheiro e vomito tudo que posso. O gosto da calda do bolo de laranja escorrega mais ácido pela minha garganta e, antes de continuar a fazer saírem pedaços de bolo, eu paro. Ergo meu corpo, limpo a sujeira do vaso, aciono a descarga, lavo a boca com água e apenas água para não estragar os dentes. E paro. Olho no espelho e meu rosto está inchado, vermelho.

Deixo o choro sair. E deixo sair também um pouco de riso solto em parcelas por perceber o ridículo que é tentar ser quem eu era, como se tentasse rebobinar o corpo para uma temporada passada da série, pronto a encontrar a personagem que também revive estranha e permanentemente infantil, vinda de uma temporada antiga. Eu não preciso saltar no tempo e me resgatar do rio que me permitiu ir embora para encontrar Gabriela, eu posso encontrar Gabriela hoje. E posso me despedir de quem fui, posso guardar apenas os pedaços que hoje me comportam, que hoje se encaixam. Busco a última cartela de comprimidos que guardei na gaveta de meias caso um dia precisasse, caso um dia pensasse estar em descontrole. A cartela daria para vinte e um dias. Destaco os comprimidos e jogo no vaso sanitário, um a um, num ritual tão ridículo quanto a própria ideia de começar tudo de novo. O corpo precisa de seus rituais de passagem para chegar aos seus fins. Pego a tesoura de picotar a franja e corto a cartela vazia em pequenos pedaços que se perdem na lixeira. E aqui, no banheiro do quarto, no mesmo lugar onde sempre aprendi a fazer tudo em silêncio, onde aprendi a ligar o chuveiro e a colocar toalhas no vão da porta para não deixar escapar barulho algum, me despeço.

27

Minha mãe levantou cedinho para preparar o café da manhã que tomaríamos juntas. Ela gostava de acordar antes, mesmo que eu fosse sair nas primeiras horas do dia, pra deixar tudo pronto. Forrou a mesa com uma toalha limpa estampada de frutas. Colocou dois pratos, duas xícaras, a metade que sobrou do bolo de laranja molhadinho ao centro, uma cestinha com pão de sal mais branquinho e macio como eu gostava, duas metades de mamão já sem a semente para comer com a colher, um prato menor com ovos mexidos. Ela ainda preparou quatro sanduíches completos, com manteiga, queijo, atum, tomate e cenoura, para que eu e Gabriela comêssemos no almoço e jantar da trilha, separou bananas, maçãs, laranjas e um pote com pedaços de melancia cortada, fez suco de manga, assou pães de queijo e me ajudou a organizar tudo na bolsa térmica que ia dentro da mochila. Ela sabia o quanto eu estava ansiosa para voltar a caminhar com Gabriela e apesar de nunca termos falado nada diretamente, ainda nos faltava coragem, eu sei que ela sabia do resto. Separei a sacola com a barraca e organizei a mochila com a perfeição de quem aprendeu a aproveitar cada espaço. Cobertores finos e quentes enrolados pelo lado de fora, um casaco para a noite, bolsa térmica com os lanches, lanternas, bolsinha de curativos, garrafas de água, um caderno e duas canetas, um livro caso a conversa acabasse mais cedo do que o esperado, toalha de banho para a cachoeira, uma canga para deitar nas pedras.

Esperei Gabriela me encontrar em casa e saímos com o sol ainda fresco do início da manhã.

Caminhamos até o parque com a rua de terra que parece um pouco areia e tudo silêncio ao redor. O barulho das mochilas se movimentando pelo corpo e as garrafas de alumínio penduradas faziam uma trilha sonora junto das sandálias empoeiradas batendo ritmadas pelo chão. Pouca gente ia tão cedo pra iniciar as trilhas do Parque Nacional. A maioria dos turistas preferia fazer as trilhas médias e menores, sem acampamento, iniciando a caminhada mais tarde para esticar o sono de manhã, depois de uma noite de barzinho e forró na Rua Virada. Gabriela e eu conhecíamos aquele caminho de cor, era o nosso rastro principal sempre que queríamos nos isolar um pouco de tudo, como se o interior de Goiás já não nos isolasse o suficiente. O comércio ainda estava todo fechado, lojinhas de artesanato e butiques de roupa, lojas de presentes e cacarecos de viagem, sorveterias, pizzarias, botecos de esquina, tudo ainda dormia com as portas baixas, menos as padarias, que começavam a abrir e a colocar mesinhas do lado de fora para o café da manhã. Um senhor passou de bicicleta desejando bom dia e o silêncio de um início de dia naquela cidade combinava perfeitamente com a minha vontade de respirar mais fundo.

Fomos as primeiras a chegar no parque. Escolhemos a trilha, retiramos os bilhetes, preenchemos os formulários prometendo sair no dia seguinte pela outra ponta do parque, seguindo pela travessia que já nos conectava com outra cidade. O início da caminhada é sempre tranquilo, mantivemos a passada ritmada e eu segui com a mania de passar a mão por quase toda folha e tronco de árvore, experimentando texturas. O sol começava a esquentar com a subida da manhã e foi Gabriela quem quebrou o gelo da ausência de conversa. Ela me perguntou se alguma coisa mudou na cidade, sabendo que a resposta é não. Quis saber das minhas aulas na faculdade da cidade vizinha que eu acessava com quarenta minutos de ônibus, quis saber do trabalho com os turistas e as trilhas, minha mãe, a casa. Gabriela soube conduzir a conversa e diminuir nosso estranhamento, me contou do quanto também fazia sol na cidade em que viveu durante todo esse tempo e como era incrível poder ir todo dia para a praia e que o sol do litoral bronzeava mais que o da cachoeira, apesar de ser sempre mais cheio de gente, já que as praias são fáceis de acessar e não é preciso nenhum esforço ou caminhada, o que atrai todo tipo de gente. Caminhamos jogando conversa fora até o meio da manhã e paramos para dar um mergulho na primeira cachoeira da travessia. O tempo de seca deixava a água cristalina e o sol já quente facilitava o corpo a buscar a água fria. Nadamos por um tempo e eu estendi a canga para tomar sol nas pedras, deitada com a barriga pra cima. Gabriela estendeu uma toalha grande ao meu lado com um sol estampado no meio e deitou o corpo bem perto, até se virar de lado e me abraçar com as pernas. Um dos braços seguia dobrado segurando a cabeça e Gabriela me observava de lado, enquanto o outro braço encostava um pouco em mim. Fechei os olhos, segurei sua mão e seguimos assim por um tempo. É difícil dizer qualquer coisa quando tanta coisa se acumula por falar.

Acordei do cochilo e Gabriela já remexia as mochilas separando itens para o almoço. Comemos juntas depois de dar mais um mergulho e esperar a pele secar debaixo do sol. Subimos as pedras para retornar à trilha e seguimos em frente. Eu sempre gostei muito de caminhar pelos matos abertos de Baixo Paraíso fora de alta temporada. A quantidade pequena de gente me fazia sentir um tanto única e exclusiva. Caminhávamos sozinhas pela trilha por boa parte do tempo, escutando passarinhos, o barulho da terra por baixo dos sapatos e nesses instantes prolongados eu imaginava que somente nós conhecíamos aquele pedaço de mundo. Como se transitássemos por uma expedição secreta. O dia seguiu assim, entre caminhadas, pedaços de frutas, paradas estratégicas para comer ou tomar um banho gelado debaixo de alguma queda d'água. Seguimos conversando como se as coisas não tivessem mudado muito e como se estivéssemos nos encontrando depois de uma pequena temporada de férias. Gabriela escolheu não falar de Rafael e eu escolhi fingir não saber de nada, como se ali pudéssemos criar um pequeno universo à parte, sem interferências e interrupções. O sinal de celular não pegava na região, o que ajudava bastante a esquecer o restante do mundo.

Chegamos no fim de tarde ao local que seria nosso acampamento e montamos tudo antes de escurecer. Assistimos ao por do sol numa pedra mais alta. Tudo tinha acontecido de um jeito que eu considerava completamente errado nos últimos anos, como se a vida inteira escapasse do roteiro que eu escrevi pra mim, mas, ali, a coisa toda parecia muito certa. Era proibido acender fogueira na época da seca em Goiás, afinal, ninguém queria correr o risco de iniciar um incêndio que se alastraria tão fácil, então entramos na barraca assim que escureceu. Deixamos uma luz pequena acesa, coberta por um pano pra iluminação ficar ainda mais suave lá dentro. Sentamos lado a lado e não foi preciso dizer alguma coisa. Gabriela me olhou e tomei a iniciativa. Nos beijamos demorado e não sei por quantos minutos, tentando recuperar pela boca um pouco do tempo acumulado em quatro anos. Gabriela tirou minha blusa e passou o dedo devagar pelas estrias do meu peito, me arremessando num rio que passava por mim há anos atrás e que seguia me atravessando até hoje. Isso tudo, essa noite, esse encontro, essa trilha, tudo tinha tanto para dar errado, Gabriela, mas a gente se esquecia por um tempo e tirava a roupa rápido pra não ter que pensar. Junto com o barulho da nossa respiração e dos corpos se mexendo na barraca e na borracha do colchão inflável, uma coruja piava do lado de fora e fazia o cenário todo ter uma cara de filme bucólico, Gabriela, como a gente suava dentro daquela barraca. Cruzamos as pernas e nos abraçamos enquanto Gabriela, sentada por cima, puxava meu cabelo num encaixe perfeito e ali era como se tempo algum jamais tivesse passado. A barraca seguiu em movimento por horas e dormimos sem perceber. Ninguém se lembrou de apagar a luz.

Abri os olhos já de manhã e Gabriela ainda dormia com os braços jogados por cima do ombro. Tentei sair o mais em silêncio que pude, mas ela acordou com o zíper da barraca. "Ei, me espera". Ela me puxou pra trás pela camiseta e terminamos outra vez deitadas, outra vez pernas e braços fazendo um nó e minha cara enfiada no peito de Gabriela não se incomodava com o sufoco e os dedos passando pelas minhas costas e eu não queria que o tempo passasse, eu queria parar ali, naquele quadro, num registro eternizado em tinta. Saímos para tomar café no início da manhã. Pães com manteiga, banana, suco e os pães de queijo da padaria preferida de Gabriela. Eu queria falar tanto, queria pedir que a gente não repetisse a bobagem de nossas mães que estiveram sempre se escondendo, e queria pedir que ela ficasse de uma vez por aqui e que terminasse o que começou lá fora, que aquilo não deveria ter nenhuma importância e queria me declarar e falar de amor e de estar apaixonada e que aquilo era a vida toda aos vinte e dois anos e que as pessoas merecem viver cada instante como se eles fossem mesmo os mais importantes da vida, porque eles não se repetem, Gabriela, a gente nunca mais tem vinte e poucos anos e enxerga tudo assim com tanta novidade outra vez, mas eu não queria assustar, eu não queria estragar tudo em outro rompante de ansiedade, então eu disse, "a gente não devia ficar juntas só quando não tem mais ninguém olhando, Gabi."

"Eu não queria falar sobre essas coisas agora, Marília, tá tudo tão bom."

"Eu só não quero mais ficar sempre engolindo tudo, sabe?"

"Meu namorado vem pra cá nessa semana, Marília. Ele insistiu em passar uns dias e eu ainda não sei muito bem o que fazer com isso."

"Antes de você ir embora eu descobri sobre minha mãe e a sua. Achei umas fotos no seu quarto."

Eu escolhi fazer uma curva inclinada em outro assunto e continuar ignorando a existência incômoda de um namorado que eu nem ao menos conhecia. Uma parte da vida de Gabriela completamente ausente a mim, uma parte nova, distante, uma espécie de muro que eu preferia não lidar. E achei melhor deixar tudo às claras. Era essa a única chance que eu tinha de seguir bem com alguma coisa, tentar dizer as coisas corretas e inteiras pelo menos uma vez. Gabriela me pediu desculpa por não ter dito nada e que realmente era muito difícil construir uma linha de raciocínio que abarcasse tanta coisa com tão pouca idade e naquele tempo o que pareceu mais certo foi guardar tudo aquilo que parecia tão absurdo e tão inventado em uma caixa que mais ninguém pudesse alcançar.

"Desculpa, Marília, foi o que eu pude fazer."

A gente arrumou outra vez as mochilas pra terminar a travessia e eu me arrependia por ter estragado uma cena tão bonita outra vez. Algumas coisas precisam mesmo de silêncio pra dar certo, mas a manhã não parecia tão acabada quando Gabriela me abraçou e disse que não precisava ficar tão calada assim e ela riu dizendo que parece que uma nuvem pesada de chuva estacionava em cima da minha cabeça quando eu ficava chateada.

Terminamos a travessia na outra ponta do parque e pegamos carona na estrada para voltar até Baixo Paraíso. Por sorte o casal que levava a gente no carro não era de falar muito e nem inventar um monte de perguntas numa necessidade constante que as pessoas têm de preencher o tempo vazio com qualquer barulho, eles gostavam mais de preencher esse espaço que sobra com música. A estrada naquela região sempre foi uma coisa realmente bonita de se ver, com alguns morros de tamanhos diferentes por todos os lados, árvores coloridas e tortas, uma porção de flores daquelas bem abertas, o mato de um verde tão claro rebatendo o sol forte e o asfalto em frente parecendo formar oásis no meio do calor. No rádio tocava Natiruts e essa parece ser a trilha sonora perfeita pra colocar um carro na estrada no meio do cerrado e o *reggae* fazendo a gente querer balançar o corpo no mesmo compasso, a voz tão suave cantando *beija-flor que trouxe meu amor, voou e foi embora, olha só como é lindo meu amor, estou feliz agora*. Eu nunca entendi por que ele estava feliz se o amor tinha mesmo ido embora e talvez seja mesmo só um jeito de completar melhor a rima, é como na poesia, que às vezes um verso parece não fazer o menor sentido, mas ele combina muito com o outro e, Gabriela, será que um dia eu vou poder te falar tudo sobre o poeta? O caminho até Baixo Paraíso, passando entre as duas pontas desse lugar, é um dos mais bonitos que já vi, por fora é tudo tão calmo e ensolarado e a paisagem externa destoa tanto do frenesi da paisagem de dentro, por que é que os nossos pensamentos não podem acompanhar a passagem mais organizada e coerente das coisas como a estrada ao redor? Cochilo no banco do ônibus, a cabeça balança e me faz acordar e dormir de novo várias vezes, me colocando numa espécie de transe em que já não sei se durmo, se penso, se estou acordada ou delirando. Sonho que estou em um quarto e tento arrumar um lençol de elástico em uma cama enorme. Tento diversas vezes. Puxo de um lado e ele solta do outro, consigo arrumar do outro e ele solta outra vez do um. Repito a tentativa dez, vinte, trinta vezes até que acerto a geografia correta da cama e o lençol se encaixa. Paro para olhar o trabalho feito, a cama lisinha com o lençol totalmente branco, Gabriela aparece no quarto e se joga na cama de uma só vez, com um riso solto e barulhento, ela se mexe para todos os lados, amassa o lençol e faz todas as pontas soltarem outra vez da cama, Gabriela ri e corre para fora do quarto, eu permaneço parada, olhando para o lençol, agora enrolado no meio da cama, e para o colchão velho que aparece sem disfarce. Eu não posso dizer nada, eu não posso reclamar e nem ao menos pedir que alguém arrume o que deixou bagunçado, muito menos Gabriela, eu deixei que alguém morresse, eu deixei que alguém morresse sufocado no próprio vômito e isso é motivo suficiente pra não poder pedir coisa alguma, e quanto da gente tem culpa no que deixa acontecer sem intervenção? Acordei e Gabriela segurava minha mão. Eu queria pedir que a gente não se escondesse mais na ausência de pessoas, Gabriela, e que fosse possível seguir como pessoas normais que caminham por aí de mãos dadas, eu queria dizer uma porção de coisas outra vez, mas eu preferi dormir, sem correr o risco de dizer algo que te fizesse soltar minha mão.

28

Eu sempre gostei da experiência de movimento da estrada. De não precisar fazer absolutamente nada naqueles minutos ou horas em que a única tarefa possível é ler, comer alguma coisa ou deixar o corpo sentado enquanto o ônibus se ocupa da tarefa de se deslocar. E olhando pro vazio em movimento do lado de fora tudo parece tão mais possível, qualquer coisa, qualquer possibilidade, por mais distante e atribulada que seja, tem tudo pra dar certo, eu poderia morar ali, naquele ônibus em movimento. Chegamos na rodoviária da cidade e, enquanto a gente espera pra pegar as mochilas, encontro uma professora da escola que também era um pouco amiga da minha mãe. Ela me reconhece. Chega mais perto pra cumprimentar, me dá um abraço enquanto tento lembrar seu nome e me elogia. Diz que estou tão bonita e magrinha, que sabia que eu ia perder peso com a idade, era só questão de tempo e de tudo se encaixar em seu lugar, e me dá até uns parabéns. *"Você sempre teve o rosto tão bonito, Marília, não podia desperdiçar. Agora sim, muito bem."* Eu perdi as contas de quantas vezes alguém falou do meu corpo sem que eu tivesse perguntado coisa alguma ou de quantas vezes perder uns quilos foi sinal de conquista, mesmo quando por trás tudo parecia desabar. Algumas dessas vezes parecem ter guardado algo de fundamental.

1. Tenho seis anos e alguns parentes visitam nossa casa e ficam para almoçar. Na mesa do almoço, enquanto como e na frente de todos, meu tio brinca

com o tamanho grande do meu prato e aconselha a me servir um pouco menos da próxima vez. Ele é pastor numa igreja da cidade e diz que sonhou comigo ontem à noite, teve uma revelação. No sonho eu emagrecia muito, ficava magrinha, uma beleza, Marília, você precisava ver. O filho dele, com um prato enorme em frente, diz amém. Penso que se até o pastor está tendo uma revelação desse tipo, alguma força divina deve mesmo achar errado que eu fique assim.

2. Estou na sala de aula e devo ter oito anos. O uniforme de tecido fino e verde-claro marca as curvas, elevações e diferenças do corpo e tudo é mais visível do que eu gostaria de mostrar. É dia de trabalho em grupo na aula de artes e as crianças estão mais agitadas do que o normal. As mesas são reunidas em grupos de cinco ou seis e em cima delas temos papel colorido, tinta, lápis de cor, giz de cera, lantejoulas, cola, tesoura sem ponta, um amontoado de coisas que nos ajude a criar algo para apresentar. Como a aula é de artes e é grupo e a atividade é lúdica, a professora deixa que todos conversem sem medida, enquanto ela tira um tempo para descansar e segue sentada na própria cadeira, folheando papéis como se o próprio ouvido fosse capaz de ignorar todo o barulho em volta. Uma das meninas do meu grupo aponta minha camiseta e diz que eu já tenho peito e deveria usar sutiã e que os peitos são grandes demais para o meu tamanho e outro menino diz que não são peitos de verdade, são peitos de gente gorda e meninos gordinhos também têm peitos assim, então nem se preocupe porque não são de verdade. A criançada ri solto na sala inteira e um menino de outro grupo grita alto *"sou gorda, mas sou feliz!"*. E a risada se espalha pela sala em um tom ainda maior.

3. Tenho nove anos e é hora do recreio. Pedi dois reais de bala na cantina, na conta do meu pai, e a moça diz que não pode me entregar. Quero saber o motivo e ela diz que foi orientada a não me entregar doces e balinhas porque eu estou de dieta. Pergunto se posso pedir então um suco e ela diz que suco natural posso sim. Ao meu redor, crianças magras e com as canelas finas como deveriam ser, carregam sacos cheios de balinhas.

4. Tenho dez anos e passo o dia brincando na rua. Jogamos bola e queimada, sou muito boa. A turma termina o dia suada e senta nos bancos da praça para descansar. O pai de uma amiga chega para levar ela para casa e senta um pouco com a gente pra conversar. Ele me pergunta por que sou gordinha. Não sei muito bem o que responder e nem o motivo da pergunta, então digo apenas isso, que não sei. Ele diz que sou bonita de rosto, devia aproveitar.

5. Tenho dez ou onze anos e uma festa elegante de uma vizinha do bairro para ir. Preciso de uma roupa chique e minha mãe decide pedir para uma amiga costureira fazer, assim é mais prático e barato do que passar horas procurando e experimentando vestidos nas lojinhas da cidade, isso dá uma canseira, ela diz. Sei que ela prefere a costureira porque é difícil achar algo bonito que me sirva na meia dúzia de butiques disponíveis na região. Vamos na casa da costureira tirar as medidas e eu não interfiro muito, ela se encarrega de pensar no modelo e eu só peço que tenha mangas para cobrir os braços. "Mas roupa de festa não tem mangas, principalmente nesse calor, Marília." Peço que invente alguma coisa, mas que não seja uma roupa de alcinha, por favor. Voltamos na casa da costureira uma semana depois e o vestido está pronto. É cor de rosa, justo ape-

nas na parte do peito e mais rodado embaixo, ele vai até a altura um pouco abaixo dos joelhos, tem mangas bufantes e uma fita que passa pela cintura e termina em um laço na parte de trás. A filha da costureira, uma menina pequena e magrinha, que deve ter no máximo sete anos, observa tudo e pergunta curiosa por que eu faço roupa de criança se já sou adulta. Minha garganta fica apertada e minha mãe responde por mim, que não sou adulta, sou criança também, eu só sou grande.

6. Tenho treze anos e os meninos na escola decidem fazer uma votação para escolher quem é a menina mais bonita da sala. Eles escrevem diferentes requisitos em uma folha de caderno e o caderno roda pela sala toda, apenas pelas mãos deles, que devem dar notas e julgar nossos atributos. As meninas não pegam o caderno, então não sei que atributos estão sendo julgados, mas consigo ver, espiando pelo canto do olho, a tabela desenhada em azul e os pontos escritos em vermelho. Todas as meninas tentam espiar as notas e esperam, sem dizer, pelo resultado. Quando voltamos do recreio alguém escreveu as duas maiores e menores notas, com seus respectivos nomes, no quadro. Bárbara, mais gorda que eu, é a última, a mais feia de todas, eu ocupo o penúltimo lugar. Vejo os nomes das campeãs e acho que elas não são tão bonitas assim.

7. Tenho quinze anos e tomo os comprimidos pela primeira vez. Emagreço muito, consigo comer pouco, a boca seca, o gosto amargo, a palpitação no peito, penso que vou ter um ataque do coração um dia desses. Perco uma porção de quilos em três meses e todos me parabenizam e me elogiam na escola, me sinto bonita por fora pela primeira vez, apesar de me achar um pouco maluca por dentro. Os elogios me

incentivam a continuar. Compro três roupas novas, um vestido apertado na cintura, uma saia curta, uma blusa que deixa minha barriga de fora. Experimento a saia e, mesmo que pequena, ela roda meio solta na minha cintura, me sinto incrível.

8. Tenho dezesseis anos e já emagreci bastante. Almoço em um restaurante depois da escola e decido comer uma sobremesa naquele dia, fiquei a semana inteira guardando a vontade e decido escolher algo bem gostoso para aproveitar o momento. Pego um pudim de leite com calda e me sento para comer com calma, sem me apressar. Um homem velho, que nunca vi na vida, passa ao lado da minha mesa e, antes de seguir, decide parar e acrescentar um comentário, "Olha lá, hein... isso aí engorda, cuidado com a boa forma". Alguns adolescentes na mesa ao lado acompanham a cena e dão uma risadinha. Eu perco a vontade de comer o pudim, jogo o resto fora e saio do restaurante. Passo no mercado e compro um pote de sorvete para tomar sozinha dentro de casa.

29

Gabriela e eu nos despedimos na rodoviária. Ela me diz que volta ao mesmo lugar depois de amanhã pra buscar o namorado e me pergunta se por acaso quero conhecer Rafael. Respondo que não e que preciso ficar quieta por um tempo, Gabriela diz que talvez seja melhor assim, já não aguento engolir tanta coisa e Gabriela esse corpo-transporte no tempo. No dia seguinte a gente combinou de se ver mais uma vez e inventamos de conhecer o motel. Ficamos por ali umas três horas e eu ainda estava suada quando pedi que ela fosse embora. Ela ainda deitada na banheira e eu dizendo que, por favor, não aguentava mais aquela montanha-russa e aquela história de namorado vindo pra cidade e a gente ali, uma expectativa tentando se disfarçar de apatia. O quarto todo molhado, não menos que Gabriela. Achei graça de ir ao motel. Aquela música alta, uma luz diferente, objetos estranhos nas prateleiras. E a inevitável banheira. Entrei pela primeira vez e não quis mais sair. A gente se enroscou muito por lá.

Passo os primeiros dias enfiada em casa para não ter que encontrar Gabriela passeando pela cidade com Rafael, transitando pelos caminhos que sempre fiz, por espaços que sempre percorremos juntas. No quarto dia preciso ir ao mercado. Vejo os dois sentados nos banquinhos de calçada na sorveteria nova. Rafael a barba grossa e cor de laranja envelhecida como a do padrasto, Rafael o sabonete de homem velho, Rafael a voz macia para disfarçar as pernas duras, Rafael as camisetas coloridas, Rafael o cabelo cortado em degradê, como o velho gostava de usar para tentar ser jovem, Rafael a mão constante no limite entre as costas e a bunda de Gabriela, Rafael aquela bunda quadrada acompanhada pelo peito inflado, Rafael as tatuagens colorindo o braço, Rafael o mesmo fedor de perfume dos homens de família rica em Goiás. Dou um abraço em Gabriela e quando percebo estou sentada com os dois. Peço também um sorvete e sustento a melhor cara que posso fazer. Consigo conversar, me apresento, conto besteiras sobre viver na cidade. Gabriela diz que eu sou sua melhor amiga a vida toda. Rafael é simpático, o que me deixa ainda mais irritada, eu queria mesmo que fosse uma pessoa horrível. Nos despedimos e sigo com as compras até em casa.

Gabriela me envia uma mensagem e quer saber como estou, diz que não queria me deixar chateada e que ele não deve ficar muito, é só o tempo de descansar e conhecer melhor as cachoeiras. Digo que tenho saudade e Gabriela insiste pra irmos amanhã aproveitar juntas em um bar novo que tem se movimentado muito nessa temporada de turistas. "Vamos sozinhas, eu arrumo uma desculpa e ele fica na pousada, eu também quero te ver." Decido ir. Tenho dificuldade para dormir nessa noite. Faz uma semana que meus seios não apertam os seios de Gabriela. E se a gente fosse hoje mesmo? Digito e apago outra vez. Hoje invento memórias mais até do que tenho saudade. Ontem sonhei que ela ligava lá em casa. Minha mãe largava o pão com manteiga para atender e Gabriela soprava baixinho que esqueci meu violão no sofá da sala. Falou que era minha namorada. Eu nem saio de casa com o violão. Acordei antes de tirar satisfação.

Acabei mandando a mensagem, o quarto escuro e aquela luz da tela que quase cegava meu olho. Quero te ver logo, vamos hoje. Assim, sem interrogação. Gabriela responde que também está ansiosa, mas que eu espere um pouco, já está deitada, vamos amanhã.

Nos sentamos em um bar movimentado. Escolhi uma mesa que escondesse o olhar dos homens e que nos escondesse um pouco das pessoas ao redor, sei que assim a noite funcionaria mais fácil. Uma pilastra velha ocupava o meu lado esquerdo. Um escudo. Tento manter a conversa sem receios, mas sei que muita gente já viu Gabriela circulando com um homem pela cidade. Meus lábios secam a ponto de formar uma boca de um lábio só. O tempo alivia as rédeas com a chegada de uma mulher simpática. Cesta de chocolate nas mãos, avental florido e a cestinha na mesa. Compramos três do bombom vermelho, com pimenta. Pimenta eu não gosto, mas acho que dessa vez eu gostei. Um paladar maleável, pronto para moldar a língua e as papilas ao sabor mais adequado a cada tempo. A pimenta do chocolate ardia ao descer pela garganta. Queria que fosse você escorrendo por aqui. Quase disse, mas não é o tipo de coisa que se diz a uma amiga. Somos amigas, certo? A gente se apresenta assim. Abri outro chocolate para preencher a boca. Engolir palavras. Todas. Já não sei como dizer nenhuma. Pedimos outro drinque, rodada dupla de caipirinha com vodca. Pedimos mais um e não queremos gastar com comida, ficamos bêbadas e rimos muito, Gabriela me beija sem se preocupar se alguém espia ao redor. Dividimos um último drinque e Gabriela me chama para conhecer a pousada. Decido ir. Nos últimos dias só quero dizer sim para todas as coisas. Caminhamos meio torto até o bairro repleto de pousadinhas e damos risada da falta de equilíbrio enquanto reclamo do vazio noturno ao redor. Sentamos no meio-fio pra recuperar um pouco o ritmo e eu aponto a quantidade de estrelas. O céu é imenso nas cidades menores e quando nos afastamos das ruas com mais iluminação é possível ver tudo, estrelas grandes, brilhantes, pequenas, criando formas e estrelas enfileiradas. O silêncio faz minha cabeça retomar os pensamentos insistentes e Rafael desfila sorridente e desnecessário por ela. Eu sabia que ele estaria na pousada, mas ignorava a presença e continuava o caminho até lá, me imaginando em um espaço-tempo diferente, quem sabe por algum milagre o quarto estaria vazio quando a gente chegasse, só Gabriela e eu. Não sei para onde olho. Uma vermelhidão que começa no pescoço e aumenta a cada minuto. Gabriela ri e pergunta se fiquei com vergonha. "Ah, não liga, é porque eu bebi".

Chegamos na pousada e subimos as escadas até o quarto 23. Um filtro-dos-sonhos na porta, o quarto com cheiro de incenso, três garrafas de cerveja, uma geladeira pequena quase vazia. Tinha uma maçã mordida na porta, uma garrafa de suco, umas frutas que passaram do tempo. E os seios. Aquela redescoberta quase adolescente ocupando toda o lugar. Como é que a gente esperou tanto? Tiro a roupa com pressa, a minha e a dela. Ofegantes, prolongamos o instante do primeiro toque. Depois, tudo era pressa. Vontade tamanha.

O barulho do chuveiro parou no banheiro ao lado. A chave rodando e o som do trinco da porta. Escutei tudo, mas meu corpo fingiu que não ouvia. O Rafael entrou no quarto e ficou olhando por uma eternidade. Continuamos por um tempo, como se não fosse possível parar. Gabriela se distanciou um pouco e disse que precisava fazer xixi. O Rafael abriu a geladeira, pegou uma das garrafas, deu um gole e me ofereceu pra tomar. Gabriela voltou do banheiro, tomou um gole também. Ninguém disse nada. Três bocas em silêncio. Puxei Gabriela e continuei o que tinha começado, como se não houvesse instante de pausa. O Rafael me deu um beijo, olhou Gabriela, que beijou o Rafael e todo mundo sempre soube o que fazer.

DE VOLTA
A ARVOREDO

30

Acordo em uma cama estranha, apertada, e demoro a entender onde estou. Gabriela está ao meu lado, levanto um pouco o corpo e vejo Rafael. Meu estômago revira, preciso sair dali. Corro até o banheiro, tento fazer silêncio, mas logo preciso vomitar. Vomito muito e minha cabeça dói, vomito mais e não consigo segurar o barulho. Gabriela bate devagar na porta. *"Marília, tá tudo bem por aí?"* Lavo a boca, lavo o rosto, tento ajeitar um pouco o cabelo, lembro que ainda estou pelada e me enrolo em uma toalha, minha garganta se segura em um nó apertado, eu queria sumir sem precisar atravessar esse quarto, que merda é essa que eu fui fazer. Abro a porta e Gabriela quer ajudar, pergunta se preciso de alguma coisa e digo que só preciso mesmo me ajeitar e ir embora. Ela me pergunta se não quero ficar para tomar café da manhã, que o café colonial ali é uma delícia e cheio de opções, tem bolo de tudo que é tipo, eu vou amar. Penso por alguns segundos que seria realmente incrível tomar um café da manhã caprichado agora, mas nada passaria assim pela minha garganta e me apresso em catar roupas e assessórios para me vestir no banheiro e correr pra fora daquele quarto, enquanto tento entender o que passou pela minha cabeça pra acordar ali, eu só posso mesmo ser uma pessoa horrível. Rafael continua dormindo com os braços abertos jogados na cama e eu dou graças a todos os santos que ele não abra os olhos enquanto eu ainda circulo por ali. Finalmente estou vestida e me despeço sem olhar direito para Gabriela eu só preciso sair do quarto e tentar achar outra vez o espaço vazio que existia na minha garganta.

Antes eu sabia melhor ser confusa. Abria um berreiro por nada. Rasgava o verbo no diário, ficava de mal por um dia. Depois passava. Hoje a gente finge esquecimento. Então eu saio do quarto e caminho pela rua nesse início de manhã quente enquanto tento fingir que nada aconteceu. Estraguei tudo com Gabriela outra vez, é isso, eu sempre estrago. E se eu perco de novo o que era pra ser a minha grande chance? Acho que agora eu me perco de vez. O que é perder a chance senão uma sucessão de atrasos? Não sei chegar na hora. É sempre um minuto

Depois.

E foi-se embora a melhor montaria da fazenda e foi preenchida a última vaga e foi escolhida a outra menina e terminou o doce e foi embora o amor e outra porta fechada. Tantas. Ganhar uma chance seria sobre chegar um minuto

Antes?

Hoje não quero saber do que sou, mas do que poderia ter sido. Remoer os ossos e as ideias de um passado que não me existiu e entregar a carne, outra vez, a esse dia inerte. Perder uma chance é meter a pá outra vez na terra. Iniciar a construção de um buraco que é um túnel. Só meu. Outra chance que se vai e eu jogo fora um pouco mais de areia. Uma entrevista perdida, outra estocada com a pá. Um ônibus fora de hora, mais uma. Um telefonema que eu não dei, outra. Logo o túnel estará completo, um buraco quase fundo. Tudo tão vazio. Chega a fazer

Eco.

Aperto o passo pra sair mais rápido dali. Uma rua tão barulhenta nesse domingo, uma porção de turistas animados se encaminhando para as trilhas e hoje o barulho do vazio ressoa como se eu tivesse me perdido em algum fim de mundo e como se o fim de mundo inteirinho fosse eu. Vou rezar pra que eu chegue em casa e minha mãe esteja dormindo, é impossível falar com alguém agora, eu não sei dizer nada a qualquer pessoa. Quero saber como é isso de mastigar o vazio. Quero saber se essa solidão é uma busca, se é genética ou coisa de geração. Quero saber o que se faz depois da última chance. Quero saber. Mas não faço nada além de caminhar em silêncio, minha revolução é inerte.

Chego em casa, minha mãe já acordou, deixou um bilhete na mesa da cozinha dizendo que foi para a feira, eu nunca dormi fora assim, sem avisar. Decido tomar um banho e esfrego o corpo com muita força, as pernas vermelhas, a barriga quase arranhada. Deixo a água cair na cabeça e só desligo o chuveiro quando a fumaça enche o banheiro e transforma tudo em uma sauna. Preciso preencher o tempo vazio pra não pensar, não quero um segundo de pensamento. Depois do banho, lavar a louça com música alta, qualquer pessoa cantando, quase gritando ao fundo. Aos poucos me livro de mim como me livro dessa pilha de pratos. Tirar a gordura da panela, jogar fora os restos no lixo, ensaboar cada pedaço. Um asco dessa gordura. Penso nela fluindo no corpo, ocupando outros espaços. Lustro os copos e o corpo para encontrar sentido.

Quando a vó morreu não me levaram no enterro. Eu fiquei em casa imaginando como era feito o cemitério. Dormi com as luzes acesas por uma semana. Talvez fosse melhor ter visto. É sempre melhor ver de frente as coisas. A terra, a chuva fina, as lápides brancas. Pensar, a partir do que se escuta, era muito pior. Os adultos sempre querem poupar os outros das coisas erradas, mas nunca poupam das certas. Como quando do minha mãe me poupou de ir para a escola quando eu arranquei quatro dentes e fiquei com a boca muito inchada, mas não me poupou de me proibir tomar sorvete, quando a dieta era justamente de coisas geladas. E eu fiquei três dias tomando vitamina.

Meu Deus, por que eu me lembrei disso agora? É isso. Não ter ido nunca a nenhum enterro me deixou assim, sem reação. Sem estômago pra dizer que tudo bem, toma um banho, troca de roupa, arruma a comida e logo passa, mas eu não sei como reagir ao susto, nunca soube. Tento organizar as ideias, voltar ao corpo, contabilizar cinco coisas que eu visse ao meu redor, reorganizar a respiração que me escapa. Pia, pratos, mesa, toalha, talher. Meu corpo doí, a cabeça tenta se arrumar. E Rafael uma cara quadrada me olhando de perto, muito perto, tão de perto quanto a pisadeira que me visitava no sono e me proibia mexer o corpo, tão de perto quanto a cara do padrasto me encarando até borrar os olhos enquanto soltava o cheiro de sabonete antigo cor de terra, feito Rafael. Ele me segura e me segura o padrasto, a cama quente virando o mármore frio do balcão da cozinha. Peço sempre uma pausa. Eu preciso parar de pensar nisso, eu preciso parar de pensar em qualquer coisa, eu sempre penso tanto no que poderia ter sido. O celular vibra e meu corpo despenca na realidade, aperto um copo forte demais com a bucha e ele trinca na minha mão, se dividindo em pedaços grandes dentro da pia. Um caco de vidro gruda no espaço entre polegar e indicador e arranca um filete de sangue, que arde com o resto de sabão. Gabriela me envia mensagem, puxo o pedacinho de vidro da mão antes de ler, deixo cair água, ela pergunta se estou bem. O estômago se revira de novo e lembro que não como há horas. Não respondo, vou comprar pão.

31

Acompanhei uma porção de fotos de Gabriela e Rafael nos últimos dois anos. Os registros pareciam sempre um retrato de família, como uma montagem fixa. Ele, ela, um cachorro no meio. Ele, ela, um casal de amigos perfeitamente sorridentes. Ele, ela, os pais dele, um casal de tios, um sobrinho no colo. Como se o registro montado de uma família que forma um retrato tão perfeito pudesse justificar a necessidade de se distanciar daquilo que parece disfuncional fora do álbum de fotografias. E talvez justificasse. Gabriela e eu, nossas mães, nossos retratos não registrados, nunca seríamos uma família perfeita, mas, ainda assim, poderíamos ser alguma espécie de família. Existem tantas, não é possível que a gente não possa. Tudo é tão frágil por fora da fotografia. Mais ainda nessas cidades em que o tempo parece não passar. A gente não tem pra onde fugir e as casinhas pequenas e coloridas se convertem em um conjunto de panelas de pressão.

É injusto ter tanta culpa apenas por ter um corpo, ainda assim, lembrei que muito do que me perseguia partia também da minha própria cabeça, algumas pessoas padecem de seus próprios pensamentos. Voltei com pães e um bolo da padaria, minha mãe já estava em casa e eu disse que tinha dormido na casa de uma amiga, fomos a uma festa e acabou tão tarde que eu fiquei com preguiça de voltar. Ela não tinha perguntado nada, preferia seguir sem saber muito, mas minha necessidade de dizer algo era maior.

Minha mãe finge acreditar. E a gente sempre finge mesmo uma porção de coisas pra seguir em frente. Dizer tudo é um risco muito grande. Ela andava mais silenciosa nos últimos anos e a culpa me pegava todos os dias pela impossibilidade de ajudar nesse silêncio, de iniciar alguma conversa, mas quando a gente esconde tanta coisa é difícil começar o diálogo por um ponto que não seja também invenção. Eu não queria falar sobre Gabriela. Sei que as pessoas tendem a diminuir a importância das coisas que não lhe tocam as próprias entranhas e isso era algo passageiro, eu veria só, sou tão jovem, logo tudo ia passar, e eu não queria ouvir algo assim e pensar na possibilidade de que talvez você tivesse razão. Eu queria que aquilo fosse a vida toda. Qualquer um que me conhecesse em alguns anos, depois que tudo que vivemos nessa cidade fossem só retratos reconstruídos de memória, não poderia saber quem eu sou de verdade, é que isso não sai mais de dentro da gente, mãe, não é possível que exista uma saída com o tamanho necessário pra transformar tudo em uma lembrança borrada. Eu sempre tive muito mais vergonha de ter trocado meu próprio corpo por um punhado de caixas, por ter me deixado ser visita tão constante naquela bancada fria da cozinha, do que por ter esperado com vontade alguém morrer. Hoje me parece que ter vergonha de si dói mais do que assistir alguém partir, ao menos quando você não se importa muito com a pessoa, mas ainda penso que você deveria ter me deixado conhecer melhor a morte quando tive oportunidade e hoje eu pensaria de outra forma, hoje eu saberia deixar que as coisas doessem no lugar certo e não sempre na mesma ponta do estômago.

Sentei à mesa da cozinha para comer os pães com manteiga e café, minha mãe perguntou por que eu estava tão calada e eu disse que os ciclos errados se repetem até que alguém tenha coragem para partir o fio na ponta certa e eu preciso sair dessa cidade, mãe. Aqui a gente não tem muito pra onde correr e é tudo tão igual e se repete tanto, parece que eu caminho por um labirinto de memórias. Minha mãe não parou de lavar a louça e disse apenas *vai, Marília, o mundo não é assim tão pequeno*. O padrasto dava voltas insistentes na minha cabeça, disfarçado no corpo e no cheiro do Rafael e os anos se misturavam numa só espiral, eu não queria ser a Marília de antes, eu queria ser a Marília de agora, quando nunca existiram poetas em Baixo Paraíso. Gabriela me manda outra mensagem, quer me ver, quer conversar, *"só com você, Marília, a gente precisa falar um pouco, você não pode fugir de tudo assim"*.

Na verdade, eu posso e hoje eu decido fugir mais um pouco, é isso o que eu faço melhor. Quero comer uma espiga de milho. Dessas que a gente vê e sente o cheiro em toda entrada de parque. Nessas ruas muito cheias de gente e de pernas, muito cheias de movimento e homens que me olham como se o mundo não tivesse lugar para um corpo diferente. Eu saio do sofá em busca da espiga. Nada me motivaria com mais rapidez. Calço um chinelo, mesmo que o chinelo não seja figurino padrão e respeitável nessa cidade. Procuro um carrinho com a espiga.

E com a moça da calçada ao lado que sobe segurando uma bolsa, feito sacola jogada nas costas por cima do ombro. Sacola de feira, toda de listras coloridas. Tem uma feira grande aqui perto, uma delícia. Subo e desço as escadas com cada sacola grande, abarrotada. Cada verdura colorida, umas frutas cheirosas. O chão molhado de resto de suco e água espalhada pelo trânsito dos carrinhos de compras, que até aqui tem engarrafamento. Senhora, experimenta esse morango, tá de arrepiar até os olhos.

Um sol forte na cabeça e eu esquentando a cuca porque nunca compro o maldito boné. Mas o milho eu vou comprar. Quero inteiro, sem raspar, pra comer na espiga com manteiga, sujando a boca, os dentes, as bochechas e até um pedaço de cabelo que teima em soltar no pescoço. Quero roer a espiga até lembrar que o dente dói até a raiz. Eu fico pensando quanto poema triste cabe nessa cidade. Penso em mudar, derrubar outros poetas em alguma capital onde a gente é mais invisível.

Por que gritam tanto na feira? A manga derrete na boca e desliza pela língua sem uma palavra que precise falar além de

Manga.

Tanta gente na rua e não conheço ninguém.

Como a gente anda nessa pressa se fosse preciso acompanhar uns passos de criança? Feito as minhas pernas que são muito grandes, mas sem comprimento algum. E vai um passinho e depois outro.

Bem devagar.

Vou estalar os dedos e sentir outro dia. Tanta coisa para fazer nessa cidade. Vou pegar um livro e ler muito devagar, passar o dia sentada no sofá pra fazer uma revolução silenciosa. Subo as escadas do fim da rua e coloco mais velocidade, quero suar. Ofegante, sem ar. Não importa. Não me reconheço mais nesse corpo pequeno que já não cabe tanta volta que eu fiz. Nesse corpo quase delgado que não tem espaço pra tudo isso que eu precisei entender de mim. Nesse corpo menor que fiz diminuir a trancos e barrancos e pedradas. Então quero crescer esse corpo. Quero ser grande outra vez e vou começar pelas beiradas. Vou iniciar a minha reconstrução pelo lado de fora, alargando as minhas avenidas para ter outra vez por onde passar. Reencontrar o mundo devorando cada pedaço. Comer, encher a boca, bater os dentes, deglutir, molhar o pão com a saliva. Cabem tantos corpos na vida de uma mulher. Comprei outro pão, comi na padaria, o café pingado acompanhando a falta de rumo do dia. Pode não ser fácil resgatar o ritmo interno, mas, resgata-se. Na penumbra dos quartos, na quentura do mormaço, no mofo dos tapetes, na ranhura da parede, resgata-se no inferno que é saber um pouco mais de si. Eu sei, eu tento, me tento, me desafio, me desaforo. Sou mais corpo do que busca e me perco quando tento ser um tanto mais de busca do que corpo. Como minha espiga. Decido falar com Gabriela. *"Pode ser depois de amanhã, Gabi, me encontra aqui em casa, a gente pode ir até a fazenda."*

32

O primeiro dia de chuva depois do período de seca é sempre um dia especial em Baixo Paraíso e em praticamente todos os cantos de Goiás. Todo mundo olha pelas janelas de casa como se aquela fosse a primeira vez na vida em que cada um via cair um punhado de água do céu. Eu e minha mãe nos apoiamos juntas no parapeito da janela da sala para observar. As rachaduras na madeira deixavam entrar alguns respingos no lado de dentro. Não era uma chuva forte e o tempo ainda não ventava, o que fazia a água cair meio reta, como numa chuva cenográfica de um espetáculo teatral, alguém deixando a água cair de forma planejada bem em cima da gente. Subia um cheiro forte de terra e asfalto quente, misturando a poeira de meses de seca. O ar ainda espalhava um mormaço do calor que fez pela manhã. Quando a chuva ficou fraquinha, quase parando, minha mãe me chamou para almoçar no Bar da Vera. Era o único aberto nessas segundas-feiras paradas da cidade e ela queria comer um empadão goiano caprichado. Eu gostava da melancolia silenciosa que invadia as ruas nas segundas. Todos os turistas e trilheiros deixavam a região no domingo à noite e a gente ficava por ali, como se tivesse se esquecido de também voltar para algum lugar. Minha mãe caminhava devagar, como parecem caminhar todas as mães, e eu diminuía o passo para acompanhar. Ela usava um chinelo de dedo todo estampado e não se preocupava por molhar os pés nas ruas ensopadas. Um minicórrego se formava pelo meio-fio e corria lado a lado da nossa caminhada. Em Goiás, tudo é rio e pede passagem. A chuva parou e nos sentamos num banco ainda molhado na praça. Levantei pra tirar uma foto da minha mãe com o pé de manga naquele início da temporada úmida. Mais um ano se encaminhava para o fim e eu também quis fazer um retrato de família pra exibir por aí. Tirei a foto e sentei ao seu lado.

"Mãe, eu beijei a Gabriela. Algumas vezes."

Minha mãe perguntou se eu pensava que ela era boba, que já sabia, Marília, não se preocupe em contar. Ficamos em silêncio. Dois meninos passavam de bicicleta, uma mulher carregava sacolas de compra, um adolescente passeava com dois cachorros pequenos e tudo parecia no seu lugar. *"Sabe, Marília, imagine que injusto seria pedir que vocês inventassem um jeito de viver como irmãs ou algo do tipo. Imagine que injusto seria ter dito qualquer coisa antes."*

Então a gente levantou para ir até o empadão. Sentamos na mesinha da calçada e tudo era uma delícia, a mistura da massa levinha com frango, milho, tomate e cheiro de chuva. Minha mãe sorria enquanto mastigava sem pressa. E eu sorri também.

Lembro que, sempre que eu pretendia iniciar uma dieta nova, me permitia uma despedida pessoal regada a comidas e doces que eu adorava. A ideia era conquistar ali um ritual de encerramento. Um adeus definitivo àqueles doces que não me visitariam a boca nunca mais. A despedida nunca dava certo. A privação por escolha não é o mesmo que a ausência imposta e definitiva, na privação tudo permanece exatamente como está, ao alcance das mãos, quem deve mudar alguma coisa é você, o que é um jogo muito mais elaborado. E logo eu voltava para as iguarias escolhidas para a despedida com a mesma intensidade, ou até mesmo maior. Mas o ritual representava a tentativa de fazer dar certo e essa parte eu adorava. Criar meus próprios rituais. E voltar com Gabriela na fazenda nesses dias representava, no meu imaginário, a tentativa de permitir que a gente se despedisse de quem um dia fomos. Começar algo novo a partir daqui. Apesar da boa intenção e vontade, é difícil se esquivar de uma vez de si próprio. Permitir que a gente se despedisse daqueles espaços seria permitir o novo. Pegar o carro para uma viagem só de ida. Mudar de corpo, cabelo, roupas, de cidade, um rompimento definitivo de fronteiras que me deixaria guardar tudo de velho ali, num baú escondido em algum porão. Olhar o mundo daquele pedaço pequeno de terra me fazia ter uma noção menor de fronteiras e cada pequena travessia parecia um salto enorme, o início de uma grande transformação. Eu queria enxergar essas fronteiras de um jeito maior.

Outra vez a estrada. Gabriela diz que eu me apaixono fácil, mas não é verdade, não lembro de ter me apaixonado outras vezes e gostar tanto não é algo que se esquece com facilidade. Mas me apaixono fundo, isso sim. A memória me falha em tanta coisa e nisso insiste com intensidade. Nos últimos anos, mesmo longe, comprei presentes que escondi nas gavetas por vergonha de um dia entregar e dizer olha, me lembrei de você, escrevi cartas que não enviei e mensagens que apaguei diversas vezes, o que também ajuda, escrever e apagar. Dizer é mais sério, não dá para apagar o que se diz em voz alta. Observei fotos antigas, admirei retratos, inventei cenas que nunca aconteceriam, imaginei futuros, criei narrativas longas e mirabolantes antes de dormir onde a gente sempre era muito feliz. Esqueci tudo por alguns instantes, é verdade. Enquanto ria com alguma bobagem, guiava uma trilha, apagava fotos e esse apagar é também lembrar, mas que imagem insistente, prometi não ver mais nenhum retrato, mas eu via e torcia para que houvesse novas fotos para ver e me fazer sentir um pouco parte daquela vida que se desenrolava tão de longe, uma vida sem mim, que egoísmo. Enquanto isso eu desenhava diálogos incríveis na cabeça, você tão mais propensa a falar sobre tudo e eu também, sempre tão menos escondida nas imagens inventadas.

Segui dirigindo na rodovia sem curvas enquanto Gabriela escolhia a trilha sonora e cantarolava junto pra quebrar o silêncio e os Novos Baianos combinavam tão perfeitamente bem com aquele cenário, as árvores correndo rápido pela janela. O sol se abria mais forte do lado de fora, sem sinal de chuva por hoje. É a primeira vez que eu visito a fazenda sem o vô. Ele morreu de uma pneumonia forte e como pode uma coisa assim tão besta mudar o rumo das coisas, mas é esse o ciclo, começar, despontar, descobrir, perder, ensinar, terminar. E o vô descobriu tanta coisa. Um tio ficou encarregado de cuidar de tudo por lá e eu avisei que iríamos passar uma ou duas noites, não é nada, tio, só uma vontade de rever esses espaços.

Caminhar por pontos da infância é um pouco essa travessia no tempo e não tem jeito, quanto mais se cresce, maior a melancolia. Tudo que já foi parece tão bonito, ainda que tenha sido desastroso. Os lugares são tão pequenos aos olhos adultos. O casarão que eu enxergava é hoje uma casa média. As escadarias encolheram o número de degraus e as poucas vaquinhas comendo mato já não lembram nada o pasto enorme que eu arriscava correr. A casa tem se despedaçado um pouco e tudo ao redor perde tamanho, hoje não é mais possível ter terras novas, apenas vender e cortar. Logo mais não teremos nada além de um pedacinho de chão. Chegamos no meio da manhã e largamos a mochila no quarto. Cada pedaço do piso de madeira estala na nossa passagem. Meu tio nos dá bom dia e diz que precisa resolver algo na cidade, nós podemos tomar conta.

Gabriela quer iniciar uma caminhada até o rio e eu sei que é para dar partida a alguma conversa, nós só sabemos falar em movimento. O ritmo do corpo e as mudanças no caminho parecem diminuir o peso e a seriedade do que se diz, tudo soa tão leve e as palavras flutuam enquanto escolhemos as poucas frases que queremos ouvir e preservar. O caminho é o mesmo de antes, ainda que mais árvores e cachorros tenham se espalhado ao redor. Gabriela toma partida. Diz não ter planejado nada e que ficou um tanto perdida com o meu silêncio. "Eu pensei que tinha sido bom, não sei, mas queria ao menos que você dissesse alguma coisa, qualquer coisa." Sigo caminhando. Acontece que aprendi a me reservar o direito de não dizer coisa alguma. Acho difícil colocar para fora palavras que já deixei cozinhar. Ela segue. Toma um novo fôlego e me conta que Rafael quer morar fora, arrumou trabalho e quer ficar de vez por lá, ele me chamou, mas eu não quero ir, Marília, não tenho vontade de ficar de vez por lá. Chegamos à beira do rio. O mesmo rio. Coloco a mochila em cima das pedras, tiro o tênis e a roupa sem pensar, tiro também o biquíni e me jogo na água. É bom sentir o movimento frio pelos pedaços de pele tão acostumados a ficarem sempre cobertos. Prometo nunca mais me negar ou atrasar qualquer mergulho. Deixo o corpo boiar na água fria e o sol esquenta o que permanece exposto, as pernas abertas pra experimentar o movimento da corrente suave do rio. Olhando assim, de baixo, as árvores ainda são gigantes. Gabriela dá um grito e pula com força na água, criando ondas que cobrem meu rosto e me obrigam a ficar de pé. O fundo do rio é de terra que quase se parece com areia e cheio de pedrinhas. Gabriela também deixou o biquíni do lado de fora. Ela chega mais perto, me abraça e enrosca as pernas ao redor da minha barriga, os pelos quase no meu umbigo, os pés cruzando frios nas minhas costas. Uns seios macios que ocupavam as palmas da minha mão. Não tenho mãos tão grandes. Antes do beijo, os seios, sempre eles. Ela me olhava tão de perto que me soprava uma respiração quente. E tremeu os lábios para dizer o que, afinal, não disse. Um silêncio bom, uma boca melhor ainda. Eu queria engolir a Gabriela. O corpo quase sem peso pela mistura com a água. Eu afundo meu rosto entre cabelos e ombros e ficamos assim, balançando como se alguma música pudesse nos embalar. A falta de barulho quebrada apenas pela água e os corpos fazendo aquela fricção de peles. Ali, eu não sei de nada além de Gabriela. E das vezes em que caminhamos tentando juntar as mãos ao longo da calçada. Não foram muitas. Ela quase esmaga os meus dedos. Aperta tão forte. Cada vez é como ultrapassar uma linha muito frouxa que amarra os olhos comuns que observam as cenas comuns de todos os dias. Eu me espanto quando penso na gente, tudo tão fora de eixo. Depois eu gosto. Hoje não quero saber do que sou, mas do que poderia ter sido. Remoer os ossos e as ideias de um passado que não existiu e entregar a carne, outra vez, a esse dia inerte. Afasto o rosto e olho Gabriela de frente.

"A gente podia viajar, Gabi, conhecer uma cidade nova, escolher um lugar."

"Eu quero viver no litoral."

"A gente ficaria bronzeada e aprenderia a surfar."

Gabriela ri e me beija. Guardo comigo todos os diálogos que criei e me prometi falar, deixo o corpo se adaptar ao movimento flexível do rio. Saímos da água e nos deitamos para secar no sol. Lembro que naquele mesmo rio eu criei uma poção pra guardar memória, mas os ingredientes me fogem da cabeça, então olho tudo mais demorado pra lembrar assim. Quero dizer tanto, mas as frases não se formam. Gabriela passa as pernas por cima das minhas e eu me permito dormir.

Eu acordo e ela já está vestida, quer procurar algo pra comer. Caminhamos até a cidade mais próxima, Arvoredo, ainda menor que Baixo Paraíso. Gabriela soube que abriu uma hamburgueria, a primeira, e é lá que vamos almoçar. Comemos um hambúrguer grande, com carne, ovo, salada, queijo, molho e escuto minha mãe dizendo na minha orelha que isso não é comida, batatas crocantes em uma cestinha pra acompanhar. Depois do almoço, um passeio pela única atração do dia, um encontro de carros antigos e uma feirinha de doces e artesanatos para acompanhar.

"Eu preciso sair daqui, Gabi."

"Eu sei."

Essa deve ser a sina de todas as cidades. Toda gente está sempre querendo sair delas, como se a mudança física pudesse proporcionar alguma revolução interna, e talvez possa. Eu planejo todos os sonhos incríveis pra quando me mudar para alguma capital. Goiânia, Brasília, até São Paulo. Tudo é possível num lugar assim e eu tive ainda mais raiva de Rafael quando, bêbado na cama, ele disse que nós sim sabíamos o que era viver a vida, enquanto eu me experimentava tão cheia de esquecimento e tão pouco acontecia de diferente em todos os dias, fazendo esse pouco ganhar uma proporção tamanha e todas as coisas pequenas são as coisas mais importantes do mundo. Eu não sei se elas deveriam mesmo ser. A mudança, se não a revolução, traria ao menos uma distância segura das memórias. É muita coisa pra reviver aqui e boa parte delas eu já não reconheço mais. Escuta. Esse silêncio sempre presente é capaz de nos empurrar a outro tempo.

Acho que meu pé sente falta do rio quando me distancio dessa passagem. As tirinhas grossas da sandália desenhando tatuagem nos pés. Por que eu nunca jogo fora os sapatos que me apertam? A sandalinha escorregando um tanto de corpo no chão e cada pedra despontando um pouco mais pra assustar. Seus dedos arrumados no contorno de dentro enquanto os meus se espalhavam num desgosto danado de fora, catando asfaltos e pedras e restos de mato que o vô dizia não pisa assim, calçada, que o mato gosta é de abraçar. Hoje eu vesti o pé outra vez no tênis, pra ver se esqueço um pouco a lonjura das coisas.

Voltamos para casa. Meu tio avisa que vai aproveitar a nossa visita pra sair um pouco e que a gente pode cuidar da casa porque hoje ele vai noite adentro no forró, deve dormir fora. Já é noite. Tomamos banho, descongelamos a pizza que trouxemos pra passar a noite, abrimos um vinho sentadas no alpendre. Terminamos uma garrafa sem muita demora e Gabriela abre a próxima enquanto os sapos fazem uma sinfonia ao redor e temos um acesso interminável de riso pelo barulho misturado ao som da coruja.

"Se estivéssemos em um filme, definitivamente agora uma de nós iria morrer."

"A outra escaparia e passaria o resto da noite se escondendo do assassino pelos cantos da casa e a bateria de todos os telefones estaria zerada."

A escuridão me repele o corpo até a parte de fora, que parece ampliar seu espaço para todos os lados durante a noite. Dali percebo que o alpendre tem iluminação alaranjada, Gabriela balança as pernas jogadas e eu entorno outra taça de vinho para enganar a fome. Hoje não quero repetir. Danço um pouco no escuro e uma vaca solta um mugido alto. O susto me faz correr para a casa outra vez e no caminho escorrego, a roupa agora suja de terra pelos lados. Gabriela ri até chorar.

Ela senta ao meu lado na varanda e minha garganta é um espaço seco. Tenta sorrir daquele jeito nada discreto de antes, encosta no meu ombro e busca experimentar mais de perto o que poderíamos ter sido no passado. Hoje é tão melhor, eu queria esquecer toda uma década, queria não ter que dizer nada. Um hálito quente e meio ácido.

"Você tá mais bonita que nunca, Marília."

"Você que bebeu demais, Gabi."

Um corpo não mais tão magro quanto antes, mais macio, espaçoso, menos delgado. As pernas mais grossas, ainda delicadas. O desejo se arrasta em poucas medidas, abrindo espaço para um estado incômodo de comparação entre tamanho, ritmo e fluidez. Não consigo dizer.

Comparo os corpos. Estamos quase iguais. Lambo o pescoço um pouco suado de Gabriela e experimento misturar o descontrole do passado e a calmaria do presente em um molho de textura viscosa e boa de acompanhar todos os pratos. Uma sobreposição de narrativas que me desloca diretamente para aquele fim de semana há sei lá quantos anos no ribeirão, e Gabriela mergulhando entre os raios de sol enquanto me furtava o único espaço de refúgio e calmaria da infância. Assim como me furta o refúgio de hoje. Escolho não dizer nada. E deixo o padrasto morrer outra vez na memória, como um pedaço de vida que hoje me parece até invenção.

O corpo agora jogado na cama, misturado à pouca luz que entrava pela janela, lembrava os corpos esticados nas pedras quentes de antes. A mesma água agora escorria por trás das orelhas e outra umidade se espalhava no quarto, num prenúncio da chuva que também chegava para encerrar aquele período de estiagem. Depois de tudo, as pernas enroscadas num desenho com contorno sem início e Gabriela passando as pontinhas dos dedos pela minha nuca até que os mesmos dedos se agarrassem a uma mecha de cabelo e se enroscassem pelo comprimento até fazer um nó no fim. Deixei metade do rosto se amassando naquela metade de peito enquanto Gabriela percorria as pontas dos dedos agora pelas costas, me fazendo suar em cada dobradura desde a parte de trás dos joelhos até os espaços dos dedos dos pés. Queria saber fazer ainda a poção de guardar memória pra deixar marcado esse pedacinho de tempo sem mais ninguém ao redor.

Ali eu me solto. Perco o controle da língua.

"Gabriela, eu vi o seu padrasto morrer."

"Como assim?"

"Eu vi, eu estava lá bem na hora e, sabe, eu deixei."

Gabriela senta na cama, ainda sem roupa, e me

olha com uma cara de quem não entende a piada. Eu digo que, assim como ela, não tive repertório pra falar antes, que eu realmente não sabia o que dizer e não queria estragar tudo, ele me entregava as receitas, sabe, dos medicamentos, e uma vez eu fui na sua casa quando mais ninguém estava e ele tentou me beijar, é isso o que eu consigo dizer, que ele tentou me beijar, então eu empurrei ele, Gabriela, e corri escada acima, ele correu atrás e caiu, bateu a cabeça bem na ponta, como num filme mesmo, um filme ruim com uma cena quase engraçada que termina em morte, eu fiquei assistindo, tive muita raiva, de tudo, e assisti esperando terminar. Gabriela levanta, procura alguma coisa na mochila, tira uma caixa de cigarros e fuma encostando o corpo na janela.

"Eu nem sabia que você fumava."

"Você é fria pra caramba, Marília, fria ou completamente maluca, não sei."

Peço desculpas. Deito e penso em quantos nós a gente se enrosca tentando alinhar alguma coisa que pareça certa. Continuo a falar sem muito controle, a língua embolada e embalada pelo vinho. Gabriela pede um tempo, "para de falar um pouco, Marília", e diz que só não vai embora porque já é muito tarde. Ela se veste antes de deitar.

33

Sempre guardei um pouco isso de querer ser qualquer coisa grande muito grande e tão incrível, ainda que num corpo tão pequeno, pra grandeza não se fazer mais lenta ou tropeçar me deixando um tanto pesada entre os dias. E a sorte de viver assim nesses lugares tão pequenos é poder não caber mais a todo momento e poder querer ser tanta e qualquer coisa inclusive coisa alguma. É tão fácil não caber numa cidade. E eu poderia ser assim qualquer coisa tão bonita feito uma pedra, um rio, um pedaço novinho de pão e poderia descobrir outro mundo ou apenas guardar plantas ou mesmo escalar a montanha mais alta, mesmo que fosse pequena, do interior de Goiás. Mas ainda não soube muito bem como a gente descobre esse querer de outras coisas e por enquanto só sei o que é querer pessoas. É cansativo esse sempre ter de querer alguma coisa.

Hoje a gente acordou e achou esse pássaro cinza, que não é muito diferente de qualquer outro pássaro, e o bicho já morto, caído aqui na pontinha da varanda. E o pássaro já com uns vermezinhos passeando na barriga, fazendo valer o movimento mesmo depois da morte e Gabriela numa cara tão apertada de nojo e distância num medo que nunca vi ter de coisa alguma e nada antes me despertou tanto interesse quanto cuidar de dar um fim digno a esse Pássaro tão comum, que deve ter morrido batendo contra o vidro limpo que fecha a varanda numa morte assim tão comum tão clichê e o passarinho numa tentativa forte de arrumar outro espaço que não fosse o lado de fora. Gastei parte da manhã tratando de dar um enterro digno ao passarinho no jardim, cavei um buraco pequeno embaixo de uma árvore, arrumei uma caixa. Tudo parecia tão melhor do que ter que seguir qualquer conversa. Vamos cuidar desse enterro, Gabriela, me ajuda só nisso, depois nada mais.

Sempre fazemos quando adultos alguma cena meio patética que não nos foi permitido fazer quando crianças, por medo, negação, fuga ou falta de coragem e hoje enterrei então o meu primeiro bichinho e me abre tanto o apetite essa coisa de fazer chegar ao fim. Gabriela observou sentada no mesmo alpendre, as garrafas vazias ainda empilhadas, balançando uma perna enquanto a outra dobrava por baixo e no final me ofereceu um pedaço do chocolate que comia na espera, e eu mordi, lambendo a pontinha dos dedos na hora de puxar a boca. Depois de tudo, arrumamos a pequena trouxa de roupas na mochila e rompemos o espaço de sonho pra voltar à cidade. Talvez eu tenha sonhado que dizia tudo em voz alta. Colocamos as mochilas no carro e tentei dar partida. O motor não ligava. Girei a chave de novo, com mais força, nenhum sinal. O farol tinha dormido aceso. Provavelmente bateria arriada. Gabriela esfregou o rosto e empurrou o ar pela boca fazendo barulho. Quando tirou as mãos, o olho lacrimejava, a cara ficando vermelha. Eu nunca tinha visto Gabriela chorar. Ela chutou o chão do carro e começou a chorar de verdade, um choro alto, barulhento, "que merda, Marília, que merda isso tudo". Eu pedi calma, a gente podia esperar meu tio, ele ajudaria a arrumar. "Eu vou pedir pro Rafael buscar a gente, preciso sair daqui." Gabriela ligou mesmo para o Rafael. Disse que precisava de ajuda, passou um endereço meio improvisado, explicou que a entrada era muito próxima à entrada de Arvoredo, não faz o balão, antes da ponte é só virar à esquerda. Eu tirei as mochilas da parte de trás, coloquei na escada da entrada da casa e sentei para esperar. Gabriela ficou dentro do carro. Cansei de olhar o vazio e entrei para comer alguma coisa, mastigar algo duro pra fazer o tempo passar mais depressa, passo manteiga nos biscoitos, muita manteiga, pedaços de queijo, biscoitos doces e salgados, um pedaço de pão, mais manteiga, uma broa, chocolate quente, uns biscoitos doces pra molhar, tudo numa mistura que vira papa grudando pelos dentes e em toda a boca. Não sei quanto tempo passou, algumas horas, escutei um carro novo chegando lá fora. Da janela vi Rafael abraçar Gabriela, que ainda devia estar com cara de choro. Colocou nossas mochilas no porta-malas e buzinou me esperando descer. Quis dizer que ia ficar ali, que esperaria meu tio, arrumaria o carro e voltaria mais tarde. Quis falar ali, da janela, sem nem ao menos descer para cumprimentar, quis pedir que ele deixasse minha mochila no lugar exato de onde a tinha tirado. Mas eu também queria descer e estragar um pouco aquele pequeno instante de cumplicidade com a minha presença. Então eu fui, agradeci pela carona e entrei no carro. Eu tinha colocado a minha roupa mais confortável para o caminho de volta, enquanto Gabriela estava com um vestido que me parecia pronto para frequentar um festival matinal. Queria me despedir de tudo ali mesmo, me despediria. Do armário desajustado, do corpo polido, a casa velha, a pele endurecida, a garganta seca. Tudo. Mandaria todos à merda e sentaria na cadeira de balanço do alpendre descascando uma laranja com as próprias mãos, como uma senhora que já não se importa com coisa alguma. E provocaria um derrame, um susto, ao menos um ato de coragem. Abdicar do mundo pelo prazer de um único instante de coragem. Entro no carro. Um corpo sem jeito no abismo do mundo. Uma primeira viagem a três no mesmo carro e o dançar dos corpos que balançam na estada. Rafael liga o rádio, a gente sempre precisa de barulho quando o silêncio constrange. Rafael sempre uma mão nas pernas de Gabriela, e a barba meio laranja cheia de farelos, Rafael que falava muito e ria alto, Rafael que contava piadas em outra língua para me mostrar que eu estava à parte e fazia Gabriela rir um pouco, Rafael que se esquecia de me oferecer os doces do pacote, Rafael a música alta demais no som do carro. Eu dormi com a cabeça batendo devagarzinho na janela, escutando como música de fundo o barulho alto dos caminhões. Sonhei que eu mesma estava em um caminhão, sentada na parte de trás e rodeada por um monte de mulheres. Nenhuma delas era realmente Gabriela, embora meus sentidos me dissessem que uma versão contrária e desconhecida seria ela. Cada mulher se sentava em um caixote de madeira e todas nós estávamos rodeadas por frutas diversas, que rolavam soltas pela boleia do caminhão. Na parte da frente, ao volante, estava Rafael. Que usava um boné sujo, óculos com aparência dos anos 80 e o braço apoiado para o lado de fora. Em alta velocidade, o caminhão começou a passar por diferentes buracos e, aos poucos, a mulherada caía de pernas para cima, rolava misturada às frutas e tentava se reposicionar. Um buraco maior fez um balanço tão grande que uma mulher se desequilibrou e caiu para o lado de fora, em plena autoestrada. Uma a uma, diferentes mulheres se desequilibravam e tentavam levantar enquanto tropeçavam pelas beiradas do caminhão, promovendo um verdadeiro abate ao longo da pista. Eu tentava gritar Rafael, pedia que parasse para recolher os corpos e evitar outras quedas, mas a voz não me saía e a música no compartimento da frente estava alta demais. Pela janela, eu escutava a voz de Elis Regina estremecendo o alto-falante, acompanhada pela textura suave de Rafael. *"Quero que você me dê a mão. Vamos sair por aí sem pensar no que foi que sonhei."*

Experimento um incômodo físico quando ele está por perto, interno, externo, passa pela garganta. Quero pedir que saia, que vá fazer outra coisa, que me deixe passar algum tempo sozinha com ela. Quero que ele não esteja no carro, no banco ao lado, na ponta da cama, na cadeira da frente, um encosto. Um elemento extra no meu arranjo de antes, no meu arranjo de sempre. Gabriela não se importa. Gosta da quantidade, se percebe mais importante. Sabe que é o elo, o nó, o único laço. Quero que ela enxergue esse excesso, essa sobra, quero que engula também um tanto desse cheiro esquisito que sobe dele, esse cheiro que venta pelo carro e me desperta aquela vontade boa de vomitar. Quero que saia, por que ele nunca sai?

Sou sempre boa e compreendo, sou sempre boa e permito, espero, ajudo, tento, experimento, repenso. Não quero mais ser boa, quero rejeitar, quero a rejeição culpada de quem me olha e vê um rosto angelical. Quero que ele suma, sempre um homem sem saber por onde encontrar seus próprios espaços e me invade, ocupa um espaço meu. Não aguento o cheiro e o carro para. Graças a Deus, ou a alguma estátua de braços abertos em Bom Jesus de qualquer lugar. Eu nunca saio de lá, esse paraíso baixo, denso e esquecido que sempre vai comigo, por dentro do estômago o inferno. Tenho fome. Não preparei lanches dessa vez e quando não preparo ninguém se lembra de trazer.

"Vocês não trouxeram nada?"

Rafael ri e diz que só penso em comida, *depois paramos em algum lugar, não esquenta*. Agora quero mastigar um pedaço da sua perna. Fina, áspera, esbranquiçada e lisa. Ele tira os pelos para a natação, pensa e age como se fosse um atleta profissional. É esse o melhor caminho para começar as coisas. Pensar e agir como se fôssemos. Então penso e ajo como se fosse alguém capaz de finalizar, romper, colocar um fim aos próprios incômodos. Ainda estamos na estrada de terra e Rafael dirige rápido como se estivesse no asfalto. A favor de todas as probabilidades, um som seco, um pneu furado depois de atravessar a ponta de uma pedra. Não consigo segurar o riso. "Algo não quer que a gente saia daqui hoje".

Aproveito para descer e apreciar a vista. Gabriela também saiu para alongar as pernas, esticando cada pedaço do corpo para me chamar atenção. Deu certo. A pele queimando rápido e o suor evaporando pela ponta da orelha antes mesmo de chegar ao pescoço. O sol hipnotizava enquanto o barulho dos pássaros completava o transe. "Não precisa ficar maluca, Marília, depois a gente conversa, eu só preciso respirar".

Rafael abaixado mexendo no pneu, tentava consertar o que não conhecia, enquanto nos impedia de ajudar. "Não vão sujar a mão com isso, meninas, deixa que eu dou um jeito". Não discuto, aproveito a prepotência para descansar. Segurei a mão de Gabriela e ela me olhou com menos raiva.

Entramos no carro, sentei no banco do motorista, ela ao lado. Gabriela colocou o peso do corpo sobre o freio de mão para pegar a mochila no banco de trás e o carro deu um tranco rápido para frente, descendo desengatado. Gabriela gritou que eu pisasse o freio, segurasse a embreagem, fizesse algo, mas, eu não me mexi. Não fiz nada para frear o carro e acompanhei o movimento de descida em câmera lenta como se cada segundo passasse arrastado e eu

gostei.

Muito.

Segurei o rosto para congelar uma expressão de vazio enquanto a parte do lado do carro batia em Rafael, que não parecia ter muita prática na mecânica da troca e se abaixava entre o carro para entender se tudo ocupava o lugar certo. O carro na testa e o corpo jogado. No estômago eu represava o mesmo impulso de morte que me fazia frear a fome. Tive vontade de vomitar.

Gabriela puxa o freio de mão, grita comigo no banco do passageiro, pede que eu volte ao planeta e descemos do carro. Rafael se levanta enquanto passa a mão na testa machucada e cheia de sangue. Tive uma baita vontade de comer uma manga. Engoli o impulso de assistir a tudo inerte outra vez e busquei a caixinha de primeiros socorros no porta-malas, o corpo se movendo em piloto automático, sem se exaltar. Ajudo Gabriela a limpar o corte com água, seguro com força no lugar da batida e o sangue escorre até parar de descer, parecia cobertura de morango, nesse sol seria bom um sorvete. Tirei da mochila um analgésico e dei para ele tomar.

"Não é um corte fundo, logo passa, mas vai ficar bem roxo."

Nos sentamos todos para descansar em uma árvore torta, como são tortas todas as árvores do cerrado. Gabriela o corpo um soluço, os pés afobados, o rosto sem choro e eu, um corpo aliviado. Não sabíamos dizer nada, enquanto a fome reprimida engatinhava entre a barriga e a garganta. Pela primeira vez, assumi o controle. Uma fotografia já conhecida se transfigurava naquele retrato e assumi ali que eu poderia frear o impulso de fome e morte por todas as coisas. "Agora você fica aí sentado e a gente assume a troca do pneu". Gabriela levanta para me ajudar. Rafael resmunga qualquer coisa e se deita para aproveitar a pouca sombra, a mão segurando uma gaze na testa.

A árvore pequena faz uma sombra fina naqueles lados. Tudo no chão do cerrado é tóxico demais para as plantas não adaptadas e as que se adaptam, como eu, precisam retorcer um pouco as arestas para seguir crescendo na região. Todas as árvores, e pessoas e bichos, se contorcem juntos e curvam o corpo como num eterno baile. Não sou pequena ou fina, mas sigo retorcida, seca, rachada, como essas árvores. São as árvores mais bonitas que já vi. A curvatura de troncos e galhos faz criar uma dança, movimento constante que se expande quando passam rápido pela janela da estrada. Ainda que paradas, ainda que em solo seco, ainda que em fogo, dançam. E depois da passagem do fogo, nascem pedaços vivos em outros locais dos galhos, num crescimento desordenado que nunca sabe seguir reto, contínuo, previsível ou estático. O cerrado não é linear. No solo, os nutrientes são escassos e, ainda que pouco, ainda que interrompida, ainda que entre freios e mortes, a árvore do cerrado cresce. Ao redor de casa todas as árvores eram assim, pequenas e tortas, espalhadas sem muita proximidade pela grama do campão. Preferem certa distância. A única diferente era o pé de manga onde grudamos madeiras pintadas de lilás para criar uma escada com quatro degraus. Gabriela subia sem eles, mas teve a ideia de bater com pregos as madeirinhas para me ajudar a caminhar também pelos galhos. Eu me lembro de quando vi Gabriela subir de vestido pela primeira vez. Eu fiquei embaixo para recolher as mangas arremessadas e o pescoço foi se avermelhando inteiro pela vontade de continuar a olhar as perninhas. Mantive os olhos firmes no chão. A terra marrom-claro que levantava poeira em mais da metade do ano. Pé de manga pé de jambo pé de amora. Um apanhado de fruta ao ar livre pra gente lanchar de novo antes do tempo, mesmo quando a mãe não deixava repetir sobremesa.

Trocamos o pneu enquanto acompanhamos um tutorial em vídeo que trava de segundo em segundo pelo sinal ruim naquela região. O pneu reserva dá lugar ao furado e eu me sinto incrível por coordenar toda a ação. O silêncio da estrada e a textura seca do tronco em que sentamos para respirar me excitam. Gabriela deita no meu ombro e do abraço alcanço outra vez uma língua, um corpo úmido que pertence a outro espaço, Gabriela deixa e ali toma uma decisão. Deitamos na grama ressecada que gruda nos cabelos e o barulho da palha seca faz o tronco seguir num ritmo mais acelerado. Tenho pressa, pulso, apetite. Pela primeira vez em meses o meu corpo sustenta o próprio peso por cima, sem precisar dividir nenhum espaço. E te vejo me observar de perto, Gabriela, num rosto que se contorce e enxerga cada pedaço da cena. A perna direita balança, tremendo o corpo todo pra cima sem parar. Eu também já tremi assim. E te levo pelas mãos enquanto as roupas caem e derrubam um amontoado de mato seco, Gabriela, seu cabelo um nó impossível de acompanhar. Ofereço um pedaço de goiabada. E meu vício de conferir a barriga enquanto me ocupo de comer. É possível enxergar cada centímetro se estufando aos poucos e cada garfada recheada um novo corte abrupto na respiração para prender ao mínimo ponto possível o pedaço que se dobra por fora da roupa. E o amor se fazendo esquecer pelo pulso do desejo. Desejar é o início ou o fim de todas as coisas?

Pela primeira vez, eu conduzo as regras. Assumo o volante, não preciso de mapa, peço que Rafael siga no banco de trás. Arvoredo se distanciava, enquanto a cidade alta despontava uma ponta de montanha mais em frente. Seguimos viagem.

34

Sonho que caminho por um lugar já visitado antes. Uma cidade pequena com chão de terra, uma casinha de madeira antiga era a lanchonete. Parece a minha cidade em chão de terra e a mesma qualquer lanchonete. Paramos em outro lugar para comer cachorro-quente, eu sempre quero comer um cachorro-quente quando vejo a casa de madeira. Gabriela deixa cair os óculos em algum lugar com tampa de vidro, cheio de cobras. Ela quer que eu diga alguma coisa e eu não sei dizer nada. Matei minha fome para esquecer as memórias e tirei a sujeira dos pés para entrar outra vez em casa, enquanto retomava o fôlego para experimentar aquelas pernas outra vez na luz da varanda. Como é bom lamber o corpo e largar o corpo afrouxar roer doer abismar o corpo. Abismo. Como é bom. Lá fora tem lixo, gente doida andando na rua, água empoçada e ônibus quase levando um pedaço da gente tão pertinho, passando um quase rasgo e ali, por dentro, as pernas derramadas sem choro ou pulsão de saber do tempo. Esqueço tudo. Tão bom esquecer da vida. Na xícara desenhada e na colherzinha prateada e no lençol desarrumado da cama branca, tão bom. Acordo sozinha, molhada. Queria nunca mais sair dali, dessa manhã quieta pingando o sono e o que restou da gente. Sabe aquele pedaço de luz laranja que entra quando o dia amanhece muito dourado no cerrado e o único barulho possível é de alguma vassoura tirando folhas do quintal? A lentidão dessa manhã depois de romper o último laço. Pedi que Gabriela não me procurasse mais até entender o que queria da vida, que eu já cansei de me adaptar.

Rafael pegou um voo até São Paulo cinco dias depois de nos buscar na fazenda e de lá seguiria sozinho até a Califórnia, antes de partir, enviou uma mensagem me mandando ir à merda. Eu ri. Gabriela quis ficar e tomou um ônibus até a casa da mãe em Goiânia. Eu soube pela fofoca entre vizinhos enquanto ela não me dizia nada. Em cidade pequena há sempre alguém espiando tudo pelas janelas, portas, frestas, fechaduras, portões, e tudo se espalha num mecanismo particular de notícias que transitam apenas pela boca, nunca ninguém sabe dizer muito bem onde a história começou a caminhar. E Gabriela, a filha inteligente da dona Lúcia, que foi até morar fora, a filha do único poeta reconhecido e publicado na cidade, a filha que morava em uma das casas mais bonitas e bem arquitetadas antes de tudo ruir, essa sim era uma história boa de se contar. Diz por aí que ela e o namorado tiveram uma briga feia, o rapaz voltou até com a cabeça cortada, diz que foi ele quem começou e a Gabi só fez o que podia pra se defender, imagina, se ela seria capaz de outra coisa, diz que eu ajudei ele a se acalmar e que alguém viu eu dirigindo e entregando os dois na pousada antes de ir pra casa descansar, diz que era um rapaz metido por viver no exterior. Eu gostei da versão que circulava da história e ajudei a transformar tudo em verdade dizendo sempre que me perguntavam que eu não queria falar sobre o assunto. Isso basta pra tudo se firmar.

Voltei ao trabalho na última semana. Guiei trilhas e passeios, limpei a casa, fui à feira, fiz compras, estudei um pouco de linguística para tentar algum reencontro comigo mesma e com os espaços em que aquilo tudo poderia se aplicar, é preciso saber dar nome às coisas para que elas façam sentido. Tentei aprender algo novo no violão, escalei um paredão de pedras e fiz fotos lindas, limpei outra vez a casa, organizei armários e gavetas, juntei sacolas de doação, comprei uma calça nova, tomei sorvete num fim de tarde e esperei a chuva passar observando pela janela, me inundando de um cotidiano que pudesse assentar as coisas de alguma forma. É essa a utilidade da rotina, permitir o movimento constante quando todo o resto parece falhar.

E me atrai ainda mais essa pequena distância silenciosa que compartilhamos, Gabriela e eu. É essa distância que me permite pensar na existência em dupla sem uma total simbiose e, por isso mesmo, com espaços reservados para nutrir os próprios desejos e vazios, quero essa possível existência também em par. Eu não saberia viver perto de alguém que me esperasse dizer tudo, como uma constante confissão de meus pecados imaginados, me tranquiliza saber que ela não insistiria ou mergulharia demais em perguntas. Que ideia maluca essa, ter que dizer tudo a alguém, como criar um HD externo das próprias memórias, sonhos e apatias. Mas agora eu me cansava desse silêncio, as decisões flutuantes, esse não saber das coisas que me enlouquecia, eu queria alguma decisão, frases certas, poder dar partida e eu não podia mais esperar que a própria vida criasse movimento enquanto eu me escondia na cozinha e preparava outro molho de macarrão. E me indignava a ideia de uma distância que cresce enquanto as pessoas fingem nunca ter acontecido nas vidas umas das outras, como isso é possível? Deixar de existir em algum lugar, cavar o espaço já ocupado pelo corpo. Seguir os dias se embaralhando por uma sequência de banalidades até que o corpo esfrie e se esqueça de uma vez o que já experimentou.

Naquele dia, depois de parar o carro na pousada para Rafael descansar a cabeça que levou do carro, perguntei se Gabriela topava dar uma última volta pela cidade para conversar. Rafael fez uma cara feia, mas não disse nada, talvez também precisasse ficar sozinho e em silêncio até organizar algo que perdeu naquela tarde, todo mundo precisa. Eu dirigi até o antigo Cine Drive-in, que agora era um estacionamento abandonado e meio cheio de mato ao redor. Eu não queria conversar, estava excitada com a situação, com a batida, a reviravolta, o tumulto, desliguei o carro e disse "eu só queria te beijar de novo" e beijei Gabriela enquanto colocava a mão por debaixo do vestido que parecia de veraneio, atravessei por dentro da calcinha e ela segurou meu cabelo pela nuca e eu deixei um dedo escorregar para dentro, depois dois, e não nos preocupamos com a luz do dia que atravessa a janela ou o risco do lugar abandonado, não nos importamos com mais nada, só dois corpos apressados em aproveitar a solidão do carro, antes que alguém tivesse que dizer alguma coisa, qualquer coisa, é sempre tão mais difícil ter que lidar com as palavras. Gastamos ali pouco mais de uma hora.

Será que poderíamos nos perdoar de vez, Gabriela? Trocar perdão pelas mentiras ou pelas verdades escondidas, eu esqueço isso de vez e você se esquece daquilo, como numa troca comercial para seguir com nossas fichas limpas. Perdoaríamos nossos silêncios trocados justamente por saber o quanto é difícil dizer em voz alta qualquer coisa realmente importante. No ano passado, quando chegou o dia de enterrar meu avô, dando continuidade a essas linhas cíclicas que ninguém pode escapar, encontrei, depois de anos, alguns pedaços esquecidos de família. Uma tia que morava em outra cidade de Goiás, outra que tinha ido para São Paulo, uma que vivia em Minas e o tio que morava em Arvoredo. Era óbvio, e quase natural onde vivíamos, que ele fosse escolhido para seguir os cuidados com a fazenda. No reencontro, minha mãe e eu éramos a única dupla. Ela, a única das irmãs a ter coragem para seguir como uma mulher solteira, ou sozinha como disseram as tias. As tias nos olhavam como se faltasse algum pedaço, ainda que tentassem mostrar gentileza me dizendo sempre o quanto eu estava ficando bonita e diferente com o passar dos anos, quanta mudança, Marília, que beleza.

Dormimos todos juntos na casa da fazenda por três noites. Uma chuva forte encheu de lama a estrada e obrigou todos a ficarem ali por mais tempo do que o planejado. Cinco tios, esposas, maridos, dois ou três primos para cada casal. Todos se dividiram entre os quartos, enquanto minha mãe e eu, por sermos apenas duas, ficamos com o sofá e um colchão antigo na sala, não é preciso assim tanta intimidade para além da formação matrimonial dos quartos, certo, meninas? Concordamos. No dia seguinte ao enterro, todos se ocuparam de reviver histórias que parecessem bonitas ou divertidas com o vô, não há como escapar, somos feitos de rituais e eles se parecem muito com todos os outros, ainda que a dor nos pareça sempre muito especial. Nos víamos muito pouco depois que os filhos deixaram de ser crianças e eu tinha me esquecido de boa parte dos rostos, era como dividir a mesa, o banheiro e a cozinha com completos desconhecidos.

Tia Mara fez compotas de berinjela como sempre fazia e eu, que sempre comia a contragosto, com receio de que alguém descobrisse que meu paladar era infantil, disse pela primeira vez que eu detestava berinjela. A tia me perguntou então por que eu comia sempre e respondi que por medo de desagradar. Tia Mara pegou a compota, tirou da minha frente, e disse que a gente nunca se perdoa se faz mal a si mesmo pra agradar alguém. Enquanto falava, ela empostou um pouco a voz e deixou o dedo em riste, como numa cena de espetáculo teatral que os adultos repetem quando querem ensinar algo considerado primoroso. Funcionou. Pois lembro da tia, o dedo firme no ar, e não me esqueço da lição. Não me perdoei muitas vezes.

35

Depois que cresce, a gente cria um medo danado de dizer as coisas e descobrirem que a gente não cresceu de verdade. Tento entender o que fazer daqui em diante e é difícil pensar até mesmo fechada dentro do quarto, a bicicleta do lanche passando na rua com a buzina frenética, quero comprar um doce, mas não vou, eu prometi que não iria, quero planejar um futuro e a vizinha grita sem parar com o neto, sempre sai daí, Benjamim, desce, Benjamim, para com isso, Benjamim, o cachorro do vizinho do outro lado late sem parar e logo passa o jardineiro anunciando seus serviços. As pessoas de fora pensam nessas cidades como um templo do silêncio, mas há outros barulhos, incômodos de outro tipo, maldito Rafael que estragou tudo, eu não devia ter feito curativo coisa alguma, que cena patética eu ajudando a limpar aquela testa, eu devia ter deixado o carro passar por cima. Estamos há um mês em silêncio. O celular vibra e é Gabriela. "Quer vir conhecer a casa nova da minha mãe? É apartamento, o prédio tem piscina e tudo." Eu não aguentaria esperar muito, iria até Goiânia amanhã mesmo. Saí para encher o tanque do carro, antes avisei minha mãe que eu precisaria dele durante o fim de semana inteiro. Corri atrás da bicicleta do lanche antes que ela estivesse longe demais e comprei um bolo no pote, o doce mais doce que encontrei. Estava agitada com a ideia da visita e comi o pote em poucas colheradas. Chocolate cremoso, bolo, beijinho, cobertura, tudo misturado no mesmo recipiente que eu devorei no carro, escondida, como se cometesse um crime. Comer esse tipo de coisa era a única situação capaz de me despertar algum peso na consciência, nada tinha o mesmo poder. O pote terminou e o gosto gorduroso de chocolate barato me impregnou a boca. Um prédio com piscina. Quem mais nesse fim de mundo poderia sonhar com uma piscina particular? Ri da bobagem. Devem caber vinte piscinas particulares em uma só cachoeira. Ainda assim, um sonho. Goiânia era só o começo, o mundo todinho se espalhava a partir dali. Sair e não ver mais as casinhas coloridas ou de tijolos à mostra, a pasmaceira das segundas, a disputa por quem se daria melhor, o dono da farmácia ou o da hamburgueria, não ver mais a rua vazia criando mini-piscinas desreguladas, mas particulares e esperadas pelos passarinhos, não ver mais o portão da Casa Lilás, o *point* do açaí, a placa da melhor pamonha do mundo. A cidade seria até charmosa, não fosse tão empanturrada de memórias. Quase quis fazer um poema em homenagem ao ar melancólico, quente e idealizado de Baixo Paraíso. Uma vez, ainda adolescente, vi uma luz branca e azul se movendo no céu. A pouca luz noturna na região fazia possível enxergar de um tudo no céu, de estrelas e constelações até a via láctea. E pensei que aqui era mesmo o lugar perfeito para outro ser fazer uma aparição discreta, já que ninguém acreditaria mesmo na gente.

Abasteci o carro, voltei para casa pra arrumar a mochila do fim de semana. Minha mãe notou a diferença no corpo, disse que eu estava agitada e eu fiz um lanche com ela, mesmo depois do bolo. Tinha fome e pressa. Fui ao quarto arrumar a mochila e decidi abrir a gaveta de presentes esquecidos, comprados em lugares tão diferentes, para levar tudo de uma vez. Seria preciso conhecer meus impulsos, identificá-los por completo antes de seguir com alguém ao lado. Conferi a poupança para ter certeza de quanto tinha conseguido juntar nos últimos anos e minha cabeça deu um salto no abismo interminável de planos impulsivos, era impossível parar de pensar. A ansiedade por movimento era tanta que cortei até uma franja com a tesourinha fina que minha mãe guardava no banheiro, picotei algumas mechas e joguei para o lado direito. Gostei. Estava torto, mas me dava uma aparência melhor. Tirei uma foto para admirar o meu próprio feito e experimentei o guarda-roupas inteiro até decidir o que me caía melhor. Um vestido verde que ia até o meio da coxa, justo na cintura e no peito, levemente rodeado embaixo, mangas curtinhas de enfeite e ombros de fora. Passei até que o tecido ficasse impecável e separei para o dia seguinte. Tomei um banho demorado e deixei a água morna do chuveirinho bater bastante tempo entre as pernas. Montei roteiros imaginários para tentar não dizer nada de errado dessa vez, mas era difícil, Gabriela e eu, aos vinte e poucos anos, tínhamos um mapa pessoal compartilhado tão extenso, tão cheio de acontecimentos e memórias, que não era tão fácil saber por onde começar. Que lembrança eu deveria puxar, uma das boas, ou uma daquelas ruins, que nos faziam ter ainda mais experiência de familiaridade? Tudo era parte da mesma teia e me aliviava saber que não teria mais o que esconder. Ao menos ali, no prédio com piscina e tudo. Era isso encontrar alguém, a possibilidade de compartilhar vontades e dividir o apetite. Escrevi e apaguei mensagens cinco vezes e decidi que era melhor não dizer nada ainda, sustentar o frenesi no emaranhado de quinquilharias do meu quarto pelas próximas horas. Meu corpo era leve, tão leve como se eu nunca tivesse conhecido uma balança. Ao redor, as prateleiras de livros e vasinhos com plantas, a colcha com quadrados azuis e laranjas no colchão, a mesa de madeira clara e a luminária vermelha, o violão encostado na parede, a cadeira combinando com a luminária, o espelho grande na porta do guarda-roupas, tudo se iluminava e eu ensaiei uma dança enquanto me olhava. Não viveríamos de impossibilidades. Dormi cedo para que chagasse mais rápido a hora de pegar a estrada.

No caminho me bateu um desespero de que algo desse muito certo na vida. Cheguei em Goiânia no início da tarde. Segui até o endereço, oitavo andar, foi Lúcia quem abriu a porta, estava de saída para um congresso fora da cidade, me deu um abraço demorado, elogiou meu corte de cabelo novo, se despediu sem falar muito, já estaria atrasada. Logo atrás vinha você, Gabi, um *short* jeans e uma blusa branca meio apertada, me olhou rindo sem mostrar os dentes. "Bem-vinda". Larguei minha mochila e te abracei com força. A gente nunca sabia muito bem o que dizer nesses inícios de conversa, então você me conduziu por uma pequena volta pelo apartamento em que viveu por pouco mais de um mês e iria deixar nos próximos dias. Não saímos muito no fim de semana. Passamos horas na tal piscina e com o corpo esticado no sol da cobertura de cimento, assistimos filmes e comemos pipoca, balançamos na rede da varanda e revezamos o tempo entre a sala e seu quarto. Dois dias eram pouco, mas o tempo certo pra mostrar que o desespero de antes se ajustava. Lúcia chegaria no domingo à noite e eu comprei uma passagem de Baixo Paraíso até Goiânia para chegar no fim de tarde. Mandei para a minha mãe junto com a indicação do endereço. "Coloca um biquíni na bolsa, dá tempo de dar um mergulho na piscina aquecida depois do jantar". Montamos a mesa com pratos azuis e um arranjo de flores. Minha mãe fez macarronada e Lúcia chegou enquanto organizávamos as taças. Jantamos juntas como se fosse esse o instante mais natural e rotineiro dos últimos anos. Falamos sobre lugares, Goiânia, Arvoredo, Baixo Paraíso, uma distante Califórnia, sempre o sol. Repetimos os pratos acompanhados por vinho até ninguém aguentar mais.

36

Em Goiás todo rio é um fascínio, Gabriela, um desejo úmido dessa gente que vive tão distante do mar. Um escape às tardes abafadas em bancos decadentes de uma praça com ares de país perdido, cidade quase ancestral. A gente caminha em pé seco, rachado da falta de chuva que não deixa a pele se arranjar. E você queria voltar ao rio, Gabriela, mas aquele rio não saberia mais ser o rio que nos fez saltar da infância, e o corpo nos empurrava a outro lugar. Eu te aproveitando pra fugir da seca e experimentar uma estrada na curva certa, escapando do caminho entre o início e o fim de Goiás.

Mas você queria o rio.

E o pé da gente juntando poeira grossa feito corpo que se permite sujar. Mas poeira de terra não é suja, Gabriela, eu também saberia se deixasse o corpo caminhar outra vez lá fora. O pé solto se desenhando no couro e você rindo da marca mais funda, num pé magro que nem sandália de feira consegue agarrar. Fora daqui não tem mais rio, Gabriela. E o pé é aperto guardado longe da terra, doido de vontade de voltar.

Antes de sair, deixei que minha mãe cozinhasse uma última refeição, enquanto eu cortava legumes, separava folhas, desmanchava pedaços, Gabriela ajudava a temperar a carne, testando o ponto do bife, as cores do molho, a ponta da faca. E minha mãe remexendo as panelas envelhecidas no fogão, cada pedaço queimado um retrato do meu antigo experimento e cada prato servido uma colherada a mais para me manter firme àquele chão.

E esse amor da menina, mãe, que carrego tão de longe, eu sei, também vai nos abandonar em algum concreto torto e nas curvas lisas de uma e outra estrada. E vai me reencontrar nos pedaços de manga podre que se aglomeram em qualquer pedaço de chão. E será pó a cada estiagem, retomando o nosso tempo de mergulho, céu, lago e cachoeiras que me preenchem a vontade de acordar à beira-mar. O centro do mundo é tão seco e ensolarado. O amor vai nos mergulhar outra vez o corpo. Vai beijar bocas brancas de uma estiagem que dança entre árvores tortas. No nariz que sangra poeira para não sentir o cheiro da própria carne a se desfazer em pó. Por fora, secas, molharemos cada centímetro de pele nua e línguas emaranhadas. Como um poema de versos repetidos, aceitaremos o destino de aprender o amor entre galhos tristes e pessoas tortas.

E assim, lembraremos o amor. Na orla de pedrinhas que fingimos ser praia e na mistura de horizontes que nos fez perdidas enquanto crianças de uma cidade só. Rolaremos os cabelos na terra para aplaudir outra vez o por do sol dourado entre prédios curtos e um sonho que se soube ainda menor. Entre ônibus cheios e prédios lotados, entre frutas maduras e feiras baratas, entre paredes vazias e flores mortas, mesmo em silêncio, mesmo que eu nunca diga, não iremos sós.

Enchemos o carro de bagagem. A vida toda reunida entre mochilas, sacolas e cadernos pra anotar. Seguimos em frente com um pouco mais de silêncio e pegamos a estrada conhecida que me levava para as pontas do Estado mais próximas de Minas Gerais. O lugar que conectava todas as linhas. Onde tirei aquela foto ao lado do primeiro Cristo fingido e paguei promessa para nunca mais esquecer. Onde eu fechei os olhos e pedi também a ele, ao Cristo, que parecia tão grande, que me deixasse bem magrinha. Onde eu levei Gabriela para a fazenda e andamos juntas pela primeira vez no mesmo carro e eu fiquei presa no quarto escuro. Onde eu conheci o rio a sós, com Gabriela ou com minha mãe. Onde eu prometi não levar Rafael. Onde eu guardei memória de uma estátua feita em cópia tão bonita em sua originalidade inventada, que me fez olhar o retrato guardado durante anos. A cor desbotada de imagem ao sol fazendo a vez de filtro em fotografia revelada. Onde encontrei motivo para a viagem. E me fiz embarcar assim, nesse carro cheio de pedaços de histórias de gente. Linhas multicoloridas puxadas por um só fio. Como essa estrada que vai se perdendo pelo meio da serra e a gente nem percebe a ponta mais íngreme da curva. Do lado de fora, o penhasco. O corpo girando devagarzinho com as rodas para não levar o susto de perceber o tempo passando rápido demais.

Decidimos ir parando até o ponto final, horas de estrada divididas em dias alternados de viagem. Revezamos o volante e a trilha sonora para evitar conversa em excesso, mas cantamos juntas. *Acabou chorare*, ficou tudo lindo. De manhã cedinho, tudo cá cá cá, na fé fé fé. O verso da música não sabe de amores em transição. Nunca soube de amor que não fosse trocando o tédio pelo movimento da língua, sem exigir nenhum futuro.

Visitamos uma Praça de Cristo Redentor no caminho. A réplica era ainda mais parecida com a carioca, sem invenções e ornamentos. Tudo parecia menor. Os pés de Cristo se agigantavam nas montanhas de antes pela minha vontade de encolher meu peito até alcançar um eterno tamanho de menina. Hoje eu queria ser grande, espaçosa, habitável. Permanecer em todos os meus espaços.

Eu nunca encontrei Deus nessas estátuas. Nem anjos, falanges ou qualquer espécie de paraíso. Encontrei espanto. Ter uma nova cidade é ter tantas caras novas e tantas cidades em uma que dá vontade de fazer um silêncio enorme só para observar.

Deglutir sem culpa cada pedaço de sonho (e de carne) que nos atravessa, feito um cavalo-marinho, que não busca o alimento e acalma as próprias entranhas ao comer o que passa pela frente. Uma satisfação mútua, que buscamos entre os corpos em travessia sem a preocupação prévia com a digestão. Fartar a fome de experimentar minha primeira liberdade possível. Não ser nada a ninguém. Não desejar que ninguém me fosse nada. Um sopro tão vazio que me refrescasse por dentro. O depois já não importa, apenas a passagem, perder o rumo e satisfazer a fome que se expande pelo caminho.

As botas empoeiradas no chão do carro, alguns sacos de amendoim, as músicas repetidas circulando o silêncio desamparado da paisagem de verdade. E o sol ainda laranja, e as árvores ainda em travessia e os montes ainda em corrida pela janela.

Vamos seguir pelo sentido contrário. Organizei um novo mapa, e cada réplica de Cristo um ponto espalhado pelo mundo. "Vou te levar para conhecer um pedaço de Deus". O corpo, que agora se expandia e se alargava entre os espaços ocupados por vontade própria, cada vez mais à vontade para seguir sozinho.

Gabriela falava pouco e mastigava muito. Paramos algumas vezes para deitar no mato. "Onde você tem vontade de morar?"

"Qualquer lugar grande e perto do mar."

Percorrer os dedos num espaço desajustado pelo tempo, não, impressionado, transformado, alterado em multicores pelo tempo. Passei o dedo pelas linhas tortas fazendo curvas feito estradas inacabadas. Meus dedos não, o dedo dela.

Conduzi o percurso até que a primeira travessia desembocasse ao fim do nosso próprio tempo. Vê a textura?

Não sei quantos pedaços de corpos desabrigamos para alcançar o dedo partilhado na cicatriz. Ou em todas elas. A curvatura mínima para o espaço de dentro, a coloração esbranquiçada que faz ares de invisível, os pedacinhos que se espalham como a envergadura larga da minha própria raiz.

Procriam feito filhotes, plantando bandeiras em todo território que guardasse algo de familiar depois da primeira expedição ao corpo ainda muito recente para se fazer orgulho. E das pequenas raízes dissipamos o medo e das cores novas o reconhecimento e dos nervos formados há tantas eras que eu já não me lembro mais experimentamos o tempo concreto. O vermelho se foi. Tudo pintado de branco feito paredes novas. E cada antigo pedaço se espalhando feito ranhura na casa da gente.

A pele uma casa velha que a gente aprende a habitar. E cada pedaço se arrebentando antes mesmo de levar o primeiro arranhão. Pedi que lambesse pra ver que gosto o corpo desarrumado ainda tem. Não parecem fios cortados? Toda menina tem gosto de fruta.

E não é isso o corpo?

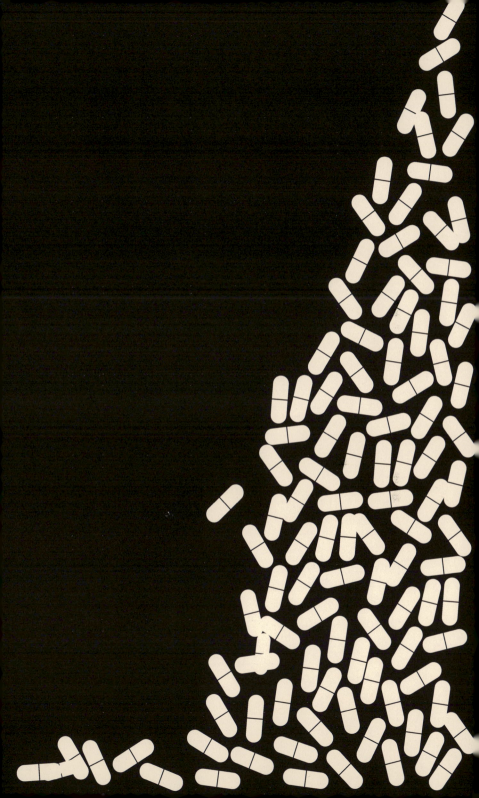

Agradecimentos

Um livro parte de uma travessia solitária, mas ganha vida a partir de uma junção de mãos e olhos atentos. A eles agradeço pela caminhada bonita que tornou tudo possível.

Ao Cris, companheiro inseparável que me escuta nas horas boas, ruins e desenfreadas, e acredita em mim até mesmo quando eu já deixei de acreditar. Ao Marcelino, pelo impulso vital, pela transformação que me fez descobrir em minhas próprias palavras e pelas gavetas que me indicou abrir sem medo. Às turmas da Toca, que me escutaram com o peito aberto e me ajudaram a acreditar que o melhor era mesmo seguir em frente.

À Faella, minha Mãe, Dedei e ao meu Pai, que torcem de longe para que eu nunca deixe de sonhar coisas incríveis.

À Helena, pela primeira leitura tão cheia de sabedoria e por compartilhar sempre a verdade. À Rafa e à Dia, que emprestaram seu tempo para ler páginas e trocar ideias quando tudo ainda era um imenso rabisco.

À Michelle e ao João, que me ajudaram a acreditar em mim de novo. Ao Jeferson e à Maria, por acreditarem nesse livro e por me presentearem com as melhores leituras que ele poderia receber.

Ao Jimmy e ao Johnny, por me atrapalharem sempre na hora certa e me lembrarem que a escrita é feita de silêncios e portas fechadas, mas também de instantes de riso e distração.

A quem chegou até aqui. É na leitura que as ideias ganham apoio e existência.

Impresso em fevereiro de 2025 para a editora Diadorim, com as fontes *Brygada 1918*, *Insani burger* e *Fredoka one*